LE MASQUE
Collection de romans d'aventures
créée par
ALBERT PIGASSE

VOUS MANQUEZ DE TENUE, ARCHIBALD !

Liste alphabétique complète des

Romans d'Exbrayat

(Masque et Club des Masques)

	Masque	Club des masques
Aimez-vous la pizza?	700	55
Amour et sparadrap	680	21
Les amours auvergnates	1001	506
Les amoureux de Léningrad	1061	157
Au " Trois Cassoulets "	1154	229
Avanti la musica	715	43
La balade de Jenny Plumpett	1481	
Barthélemy et sa colère	854	354
La belle Véronaise	1210	268
Les blondes et papa	727	126
Bye, bye, chérie	1330	562
Caroline sur son banc	1556	
Ce mort que nul n'aimait	625	133
Ces sacrées Florentines	1046	147
C'est pas Dieu possible	1308	544
Cet imbécile de Ludovic	674	85
Chant funèbre pour un gitan	1012	145
Le château des amours mortes	1608	
Chewing-gum et spaghetti	665	12
Chianti et Coca Cola	897	33
Le clan Morembert	1098	520
Le colonel est retourné chez lui	875	170
Les dames du Creusot	904	398
Le dernier des salauds	958	454
Des amours compliquées	1457	
Des demoiselles imprudentes	721	369
Des filles si tranquilles	1123	529
Deux enfants tristes	1423	555
Dors tranquille, Katherine	762	286
Les douceurs provinciales	1744	51
Elle avait trop de mémoire	583	27
En souvenir d'Alice	1469	
Encore vous, Imogène?	753	118
Espion où es-tu? M'entends-tu?	1761	98
Et qu'ça saute!	1751	106
Félicité de la Croix-Rousse	1033	215
Les fiançailles d'Imogène	1176	197
Les filles de Folignazzaro	797	360
Fini de rire, fillette	1512	568
La haine est ma compagne	1634	
L'honneur de Barberine	1741	
La honte de la famille	831	478

	Masque	Club des masques
Il faut chanter, Isabelle	992	498
Imogène est de retour	706	110
Imogène et la veuve blanche	1406	571
Imogène, vous êtes impossible	801	140
L'inspecteur mourra seul	638	19
J'aimais bien Rowena	1345	575
Joyeux Noël, Tony	1768	63
Ma belle Irlandaise	1719	
Mandolines et barbouzes	1805	80
Marie de nos vingt ans	1380	
Méfie-toi, Gone!	741	67
Les menteuses	1141	223
Les messieurs de Delft	839	312
Mets tes pantoufles, Romeo	1713	
Mortimer, comment osez-vous?	969	294
Ne vous fâchez pas, Imogène	647	75
Le nez dans la luzerne	1597	
Notre Imogène	1070	165
La nuit de Santa Cruz	592	378
Olé! toréro	788	303
On se reverra, petite	824	47
Le petit fantôme de Canterbury	1392	
La petite fille à la fenêtre	1188	239
Plaies et bosses	919	59
Le plus beau des Bersagliers	779	88
La plus jolie des garces	1728	
Porridge et polenta	1291	345
Pour Belinda	975	393
Pour ses beaux yeux	1167	537
Pourquoi tuer le pépé?	1220	256
Le quadrille de Bologne	1821	102
Quand Mario reviendra	1240	318
Quel gâchis, inspecteur	814	39
Qui veut affoler Martine?	1278	336
Le quintette de Bergame	978	181
Le sage de Sauvenat	1667	
Sainte Crapule	1256	327
Le temps se gâte à Zakopane	1840	92
Ton amour et ma jeunesse	1227	247
Tout le monde l'aimait	1086	205
Trahisons en tout genre	1566	
Tu n'aurais pas dû, Marguerite	1430	
Un bien bel homme	1116	277
Un cœur d'artichaut	1536	487
Un garçon sans malice	1782	
Un joli petit coin pour mourir	1020	190
Une brune aux yeux bleus	935	71
Une petite morte de rien du tout	893	414
Une ravissante idiote	1827	114
Une vieille tendresse	1645	
Vous auriez pas vu la Jeanne, des fois?	1755	
Vous manquez de tenue, Archibald	872	384
Vous souvenez-vous de Paco?	616	5
Le voyage inutile	925	441

Exbrayat

VOUS MANQUEZ DE TENUE, ARCHIBALD !

Librairie des Champs-Élysées

CHAPITRE PREMIER

Chaque jour, quand elle quittait son coquet appartement de Margaretta Terrace, dans Chelsea, Ruth Truksmore s'immobilisait un instant sur le seuil pour contempler avec orgueil ce refuge qu'elle avait gagné à force de travail, d'acharnement. Puis, sûre d'elle-même, la jeune femme s'en allait prendre son bus qui la conduirait dans Oxford Street où s'élevaient les bureaux de la firme Woolwerton au sein de laquelle elle occupait les fonctions de chef du personnel.

Ce matin-là, comme depuis bien des matins déjà, en ouvrant la porte de son bureau, Ruth regarda tout de suite en direction du vase en porcelaine de Doulton et vit qu'on y avait déposé quelques fleurs. Ce bouquet matinal intriguait Ruth autant qu'il l'irritait. En dépit de ses questions au petit personnel, malgré ses investigations, elle ne parvenait pas à savoir qui la fleurissait ainsi au début de chaque journée.

Abordant la trentaine, Ruth était assez jolie pour susciter les tendresses les plus vives, et la discrétion d'un soupirant hypothétique tenait peut-être à ce qu'on n'ignorait pas, chez Woolwerton, que Miss Truksmore avait eu un passé difficile ne l'incitant guère à ajouter foi aux propos amoureux.

A peine Ruth venait-elle de prendre place dans son fauteuil qu'on frappa à sa porte. Sur son invitation, une des femmes de ménage — Patricia Crockett — se présenta dans l'humble posture de la requérante. Elle désirait que Miss Truksmore lui accordât sa journée du lendemain pour assister au mariage de son frère. Afin de justifier sa requête, elle se lançait dans une longue et vibrante apologie des devoirs familiaux lorsque Ruth l'interrompit :

— Ecoutez-moi, Mrs. Crockett. Je suis disposée à vous accorder votre journée de congé, mais à une condition...

L'attitude de Patricia affirmait qu'elle était prête à souscrire à toutes les conditions.

— ... Que vous me révéliez le nom de celui ou de celle qui me fait mettre des fleurs dans ce bureau?

Mrs. Crockett hésita.

— C'est que j'ai promis le silence...

— Comme vous voudrez.

— ... Et je touche une demi-livre par semaine pour prix de ce silence... Si je ne vous dis pas qui c'est, Miss, vous ne me donnerez pas mon jour de congé?

— Exactement.

Mrs. Crockett eut un gros soupir.

— Mais vous irez pas raconter que c'est moi qu'ai vendu la mèche?

— Je vous le promets.

— Alors, c'est sir Archibald.

Ruth Truksmore fut tellement stupéfaite qu'elle ne s'aperçut même pas du départ de Patricia Crockett. Sir Archibald Lauder... L'inspecteur général des représentants de Woolwerton à travers le monde. Serait-il possible que sir Archibald fut amoureux d'elle? Miss Truksmore ne put s'empêcher de rire tant apparaissait bouffon de prêter le moindre sentiment humain à l'impeccable, au snobissime baronet sir Archibald! Une véritable gravure de mode masculine qui semblait borner ses ambitions à être le premier à porter la nouvelle cravate de Taylor et Cie dans Bond Street. Ruth était suffisamment liée avec Terence Woolwerton — copropriétaire avec son frère Josuah de la firme Woolwerton, de Sheffield (quincaillerie) — directeur des services commerciaux et londoniens, pour savoir que sir Archibald était un luxe que s'offrait la maison. Sa publicité en quelque sorte. Le titre de baronet de sir Archibald lui ouvrait tous les milieux et sa distinction frappait de timidité les acheteurs qu'il traitait dans les meilleurs restaurants de la capitale. Après deux heures de tête-à-tête avec sir Archibald, nul n'eût osé refuser de signer un contrat de crainte de passer pour un rustre.

Sir Archibald... Durant toute la matinée, Ruth ne parvint pas à détacher son esprit du problème inattendu que posait l'attitude du baronet à son endroit. Cet hommage fleuri et quotidien ne pouvait avoir d'autre source qu'un amour discret. Petit à petit, ayant pesé le pour et le contre, estimant que sir Archibald ne déparerait en rien l'appartement de Margaretta Terrace, elle s'avoua qu'il ne lui déplairait pas de devenir une lady. Bien sûr, il n'était pas question pour elle de s'éprendre véritablement de sir Archibald, mais à son âge un mariage de raison s'affirmait préférable aux égarements de la passion. Par Terence Woolwerton, Ruth connaissait la situation matérielle du baronet. Elle était des plus médiocres. Il vivait avec sa mère dans une petite maison de Bedford Way dans Bloomsbury. Sans doute au cas où elle deviendrait lady Ruth Lauder, Miss Truksmore devrait-elle témoigner d'une énergie constante pour obliger son mari à se soucier davantage d'entretenir son foyer que de la dernière mode à Picadilly. Mais cette éventualité n'était pas pour effrayer Ruth, au contraire.

Miss Truksmore se sentait portée, naturellement, aux décisions rapides. Elle n'aimait point à laisser traîner les affaires exigeant une solution définitive. Aussi, renseignée par le standard qui lui apprit la présence du baronet dans l'établissement, elle s'en fut d'un pas ferme frapper à la porte de sir Archibald.

Ruth entra dans le bureau de sir Archibald comme un guerrier dans une place conquise à la pointe de l'épée. A sa vue, le baronet se leva de son siège et s'inclinant, lui déclara :

— Je suis fort honoré, Miss Truksmore...

Puis il resta là ne sachant plus trop quoi dire, visiblement vaincu par sa timidité naturelle. Ruth qui l'examinait convint que le personnel féminin de Woolwerton avait quelque raison de trouver que le baronet ressemblait tout à la fois à Gary Cooper et au capitaine Troy avec, en plus, quelque chose de Steve MacQueen.

— Puis-je me permettre de vous offrir un siège, Miss Truksmore?

— Avec plaisir, car pour ne rien vous cacher, je préfère parler assise que debout.

— Oui, bien sûr... évidemment...

Elle le troublait et, à le constater, Ruth en éprouvait une vaniteuse satisfaction.

— Je crois que vous devriez vous asseoir également, sir Archibald, ce serait plus commode.

— Pardon? Ah! oui... je vous demande pardon...

Il prit place en face d'elle, eut une longue aspiration, ajusta son monocle et, d'une voix qu'aristocratisait l'accent d'Oxford, il décréta :

— Je vous écoute, Miss?

— Archibald...

Cette familiarité soudaine le fit sursauter sur son siège.

— ... Je tenais à vous remercier pour les fleurs que je trouve chaque matin dans mon bureau.

— Ah... vous savez?

— Pourquoi une pareille débauche florale, Archibald?

Il parut extrêmement gêné.

— Voyez-vous, Miss... euh... Enfin, je devrais vous dire...

— Quoi donc, Archibald?

— Je ne sais comment m'exprimer...

Enervée, elle se porta à son secours.

— Souhaiteriez-vous me faire comprendre que vous m'aimez, Archibald?

Il sembla soulagé d'un grand poids, et ce fut avec une allégresse non feinte qu'il répliqua :

— C'est cela, Miss! Exactement cela! Je suis bien content que vous ayez deviné!

D'émotion, il en avait laissé choir son monocle qui pendait sur sa poitrine au bout de son cordonnet noir.

— Je suis très flattée, Archibald... Il y a longtemps que vous m'aimez?

— Je pense que cela date de notre première rencontre, mais je n'en ai vraiment pris conscience qu'en Chine, il y a deux mois.

— En Chine?

— Dans un bar de Shangaï, j'ai vu une femme qui avait votre silhouette et j'ai compris que je ne serais jamais totalement heureux si vous deviez disparaître de mon existence.

La gorge de Ruth se serrait un peu.

— Je vous remercie de cet aveu qui me touche infiniment mais... qu'attendez-vous de moi?

— Que vous deveniez ma femme, Miss, si toutefois, vous estimez la chose possible?

— A première vue, il ne me semble pas qu'il y ait d'obstacle majeur...

Le baronet remit son monocle et, content de lui, assura :

— J'en suis positivement ravi, ma chère. M'autorisez-vous à en parler à maman?

Cette question désarçonna Miss Truksmore.

— Votre mère?

— Une adorable vieille dame pleine de cœur et de préjugés. Je suis certain qu'elle vous plaira comme vous lui plairez.

Quand il lui arrivait d'en rêver, Ruth imaginait tout autrement un aveu d'amour et la mise en route de projets matrimoniaux. Déçue, piquée, elle prétendit donner une leçon au baronet.

— Archibald... n'avez-vous pas oublié de me demander quelque chose?

— Quoi donc, ma chère?

— Mais, tout simplement, si moi, je vous aime?

Il parut extrêmement surpris.

— Je ne saisis pas? Du moment que vous envisagez de devenir ma femme, cela n'implique-t-il pas que vous m'aimez?

— Eh bien! pour si étonnant que cela puisse vous paraître, Archibald, je ne suis pas encore certaine du tout de vous aimer. Vous m'êtes sympathique sans doute, mais ce n'est pas suffisant...

— Vous croyez?

— J'en suis sûre!

— C'est très ennuyeux, ma chère... Dans ce cas, peut-être vaudrait-il mieux que j'attende pour parler à maman?

— Ce serait agir sagement.

— Oserais-je vous prier de me confier dans combien de temps vous pensez être fixée sur vos sentiments définitifs à mon endroit?

— Je l'ignore... Il faut que nous nous rencontrions souvent, pour apprendre à nous mieux connaître... En bref, Archibald, je crains que vous ne deviez vous résigner à me faire la cour.

— Je crains — moi — de ne pas savoir très bien m'y prendre.

— Vous vous imposerez un effort!

— Ce qui m'ennuie par-dessus tout, pour ne rien vous cacher, c'est maman. Elle sait que je vous aime et me pousse sans cesse à me déclarer. Quand elle saura ce qui s'est passé, elle ne comprendra pas que vous ne m'ayez pas tout de suite dit oui.

— Parce que lady Lauder ne juge pas possible qu'une femme puisse ne pas vous aimer?

— Naturellement.

Ruth se dit qu'en tout état de cause, elle aurait sûrement des ennuis avec cette mère qu'elle jugeait déjà un tantinet abusive.

Ils sortirent ensemble, ils dînèrent ensemble, ensemble ils allèrent au spectacle et les jours passèrent et les semaines passèrent sans que leur intimité avançât d'un pas. Le baronet se conduisait d'une manière si correcte qu'elle en devenait insolente par son indifférence. Par moments, Ruth se demandait si son compagnon s'intéressait à autre chose qu'aux cravates et, sans doute, en dépit de son titre l'eût-elle assez vite renvoyé à ses petites préoccupations si, à chaque rencontre, elle ne l'avait découvert plus beau, plus sain, plus distingué, jugement qui trouvait sa justification dans les regards d'envie des autres femmes. Si bien que, peu à peu, Miss Truksmore s'attacha à sir Archibald avec une force ascendante paraissant suivre en sens inverse la courbe décroissante de la tendresse du baronet.

Un samedi de printemps, alors qu'ils canotaient sur la Tamise, du côté de Sookham, Ruth admirait — avec irritation— l'ampleur du coup de rame de son piètre amoureux, une ampleur qui sentait son Oxford de loin. Miss Truksmore — sans doute parce qu'elle se tenait sur une barque — sentit le courage de la Home Fleet bouillonner en elle et résolut de mettre un terme à une situation des plus fausses.

— Archibald!

D'émotion, le baronet faillit lâcher sa rame. Lorsqu'il eut retrouvé son équilibre et réajusté son monocle, il lui sourit :

— Vous disiez, ma chère?
— Archibald, voilà bientôt deux mois que nous nous fréquentons assidûment.
Il s'inclina.
— Nul n'en est plus heureux que moi.
— Archibald, pensez-vous quelquefois que nous ne sommes plus de la prime jeunesse et que le temps nous est maintenant mesuré pour fonder un foyer et avoir des enfants?
— Permettez-moi de partager entièrement votre avis.
Un frisson d'énervement la secoua et elle s'écria presque :
— Pour Dieu! Archibald, ne vous exprimez-vous donc jamais autrement?
Il la regarda d'un œil rond.
— Aurais-je été incorrect, ma chère, sans y prendre garde?
— Non, justement! Et c'est ce que je vous reproche!
— Je crains de ne pas comprendre exactement ce que...
— Archibald, je vous aime, maintenant je le sais!
Elle mentait un peu, mais elle avait tellement envie de devenir une lady! En réponse à son aveu, il abandonna ses avirons, lui prit la main, la baisa discrètement et, un sourire radieux aux lèvres :
— Je pense pouvoir vous appeler Ruth, désormais?
Bien sûr, on était dans une barque, lieu peu propice aux étreintes passionnées, mais tout de même... Ruth ne se prenait pas pour une vamp! Cependant, quand il lui arrivait de songer aux at-

titudes possibles d'un homme à qui elle dirait qu'elle l'aimait, jamais elle n'avait imaginé qu'il pût demeurer aussi indifférent, aussi poli, aussi glacial. Elle en avait envie de pleurer.

Lorsqu'ils accostèrent, elle partit sans se retourner. Il la rejoignit en quelques enjambées et osa lui prendre le bras.

— Vous êtes déçue, n'est-ce pas?... Pourtant je vous aime profondément, Ruth...

— Alors, pourquoi ne me le montrez-vous pas, par tous les diables?

Elle se mordit les lèvres pour s'être laissé aller à cette vulgarité, mais le baronet n'avait pas dû l'entendre, car il se ruait littéralement sur elle, l'emprisonnait dans ses bras et lui plaquait sur les lèvres un baiser d'une violence incroyable. Miss Truksmore, prise d'abord de panique, crut être tout à la fois aspirée, écrasée et étouffée. Son premier geste fut un réflexe d'auto-défense et elle tenta d'écarter d'elle un amoureux subitement transformé en pieuvre géante. Puis, très vite, elle s'amollit, se fondit dans la vague de tendresse qui la submergeait. Lorsque, enfin le baronet la lâcha, elle ne put que gémir sans beaucoup de conviction :

— Vous... vous manquez de tenue, Archibald!

— C'est exactement mon avis, Miss.

Une voix caverneuse la fit se retourner pour se trouver en face du plus gigantesque policeman qu'elle ait jamais vu. Un homme de six pieds quatre pouces au moins, d'une cinquantaine d'années, mais paraissant vieilli prématurément et qui contemplait le couple d'un œil sévère, enfoui sous des sourcils broussailleux. Ruth, du regard, appela le baronet à la rescousse, Hélas! sir

Archibald baissait déjà un front coupable et reconnaissait :

— J'avoue m'être conduit comme un gamin...

L'agent soupira :

— Un gamin précoce, sir, si vous voulez mon avis.

Irritée et presque indignée de la mollesse de son fiancé qui ne montrait vraiment aucune fierté — fut-elle coupable — de son acte, Miss Truksmore prit les choses en main. Souriant au policeman, elle s'expliqua :

— Nous avons un peu perdu la tête car nous venons de décider de nous marier.

L'agent qui avait sorti son carnet et un crayon, rentra le tout dans ses poches.

— Dans ces conditions, Miss, c'est différent...

Et il ajouta avec rancune et plaisir :

— ... Car un procès-verbal serait ridicule par rapport à ce qui vous attend.

Archibald réclama des explications que le policier de Sa Gracieuse Majesté se chargea de lui fournir incontinent :

— C'est toujours la même histoire, sir, avec un décor identique : chemin en sous-bois ou bord de la rivière. Parce qu'il y a du soleil, parce que l'air embaume la bruyère ou bien emporte une odeur de foin coupé, on se figure que l'univers vous appartient et l'on se hâte de l'offrir en partage à la première brunette qui passe, sous prétexte que son rire a le son argentin des cloches, ou à la première blondinette rencontrée, parce qu'on estime que le bleu de ses yeux est unique au monde. Et tout se termine, sir, par un deux pièces cuisine dans un quartier impossible avec des gosses qui ne cessent de crier ou de réclamer à manger. On a tout le temps, alors de se rendre compte que le rire de la brunette ressemblait à une cloche mais fêlée et que la blonde n'a jamais eu d'autres yeux que des yeux marrons. Mais, c'est trop tard, sir, toujours trop tard... Alors, hein, une contravention à côté de ce qui vous est réservé...?

Le baronet s'exclama :

— Ma parole, vous vous exprimez comme un Oxonian!

— Cantab, sir. St. John Collège 1934-1937.

— Vous sortez de Cambridge et vous n'êtes que...

— A cause d'une brunette, sir, qui était presque aussi jolie que vous, Miss. Je ne vous souhaite pas bonne chance, cela ne servirait à rien.

Pivotant sur lui-même, le géant au service de la Couronne, reprit sa ronde, vieux colosse désabusé.

Quand le policier se fut éloigné, Ruth et Archibald éclatèrent de rire, car ils ne croyaient pas un instant que l'expérience du policeman pouvait être la leur et, de la meilleure grâce du monde, ils tombèrent dans le piège que le destin leur réservait. Se permettant de passer son bras sous celui du baronet, Ruth entraîna son compagnon tout en lui confiant gaiement :

— Archibald, ne pensez-vous pas qu'il serait temps de me demander ma main?

— Il faut d'abord que j'en parle à maman.

Miss Truksmore retira son bras.

— Mais, Archibald, c'est de nous deux que notre avenir dépend et seulement de nous deux! A nos âges, nous n'avons pas à faire dépendre nos décisions de qui que ce soit, fut-ce de votre mère?

— Chez les Lauder, ma chère, les hommes n'entreprennent jamais rien sans solliciter l'avis de leur femme, à défaut de leur mère.

— Et quand ils ont le malheur d'être orphelins et célibataires, ils s'adressent sans doute à la marchande de journaux pour savoir quelle décision prendre?

— Je ne saisis pas exactement le sens de votre réflexion, très chère?

— Aucune importance. Rentrons, voulez-vous?

Horriblement déçue, Ruth ne prononça quasiment pas un mot sur le chemin du retour et le baronet respecta un silence qu'il devinait hostile. Lorsqu'ils furent à Margaretta Terrace, Archibald s'excusa de quitter la jeune femme.

— Je n'avais pas prévu, très chère, que vous me donneriez votre réponse aujourd'hui et j'ai malheureusement pris des engagements auxquels je ne puis me soustraire sans manquer à l'honneur.

— A l'honneur?

— Figurez-vous que nous devons — dans mon club où j'avoue que je suis très écouté — prendre une décision grave. Imaginez, ma très chère, qu'Herbert Wooler a dit à haute et intelligible voix qu'il ne fallait pas être un gentleman pour pêcher à la cuillère...

Abasourdie, Ruth répéta stupidement :

— A la cuillère...

— ... Alors que justement Michaël Fidden venait d'expliquer que c'était là sa manière de pêcher. Y a-t-il eu insulte délibérée ou étourderie?

C'est ce que nous devons décider ce soir. Dans ces conditions, vous comprendrez...

— Oh ! je comprends très bien, Archibald, qu'il est autrement important pour notre avenir de savoir s'il vaut mieux pêcher avec une cuillère qu'avec ses doigts de pieds!

— Pardon?

— Mon grand-père pêchait avec les dents, figurez-vous!

— Avec les...

— Il est vrai que ce n'était pas un gentleman!

Et, lui tournant le dos, elle rentra chez elle, laissant le baronet complètement désemparé, planté sur le trottoir.

Dans les heures qui suivirent la pitoyable fin de cette journée, Ruth passa par des hauts et des bas et puis, tout de même, parce qu'elle était femme de tête, elle éprouva une certaine honte à l'idée qu'elle cédait à ses nerfs ainsi qu'une de ces poupées de Mayfair. Elle se devait de résoudre son problème sans attendre l'aide de personne. Elle voulait devenir lady Lauder et elle le deviendrait que cela plût ou non au baronet.

Ayant revêtu un strict tailleur noir, Miss Truksmore se dirigea vers Bloomsbury et, vers dix heures du soir, se présenta devant la porte de lady Lauder. Le cœur lui manqua bien un peu lorsqu'elle souleva le marteau, mais elle ne pouvait plus reculer. D'ailleurs, elle n'en avait nullement envie.

La vieille dame qui ouvrit à Ruth, suait la distinction par tous les pores. Elle ne cacha pas sa surprise d'une visite aussi tardive.

— Vous désirez, Miss?

— Lady Elizabeth Lauder, je présume?
— En effet, mais...
— Je suis Ruth Truksmore.
Aussitôt le visage de la mère du baronet s'éclaira d'un sourire et elle s'exclama :
— Enfin! Entrez vite! Savez-vous que je commençais à désespérer de vous connaître?
Tandis qu'elle introduisait Ruth dans un salon meublé en Chippendale d'époque, elle remarqua :
— Malheureusement, mon fils n'est pas là.
— Je suis au courant. C'est vous que je suis venue voir.
— Quelle merveilleuse idée!
Miss Truksmore sentant fondre ses dernières réserves, accepta un verre de sherry et, pendant qu'elle le servait, son hôtesse commentait :
— Archibald m'avait assuré que vous étiez aussi élégante que jolie, mais je l'avoue je ne pensais pas que ce fût à ce point-là! Archibald a bien de la chance! Vous formerez un couple splendide!
Ruth réagit sèchement :
— Avant d'en arriver là, lady Elizabeth Lauder, il y a une petite formalité que votre fils s'obstine à ne pas remplir.
— Vraiment? Et laquelle?
— Me demander ma main. Il prétend qu'il ne saurait prendre cette initiative sans votre permission!
La vieille dame se mit à rire.
— Archibald est tout le portrait de son père. Il se montre terriblement timide en présence des femmes. Vous douteriez-vous, ma chère, que c'est moi qui ai dû traîner feu sir Rupet, mon mari,

devant le pasteur? Sans cette initiative qui fit scandale dans la famille, je serais sans doute morte fiancée! Et puisque Archibald souhaite mon autorisation, je la donne de grand cœur. Embrassez-moi, Ruth. Désormais, vous êtes ma fille.

— Mais... mais votre fils?

— Nous le mettrons au courant quand il rentrera.

Les deux femmes tombèrent dans les bras l'une de l'autre et, naturellement, mélangèrent quelques larmes qui scellèrent leur entente. Elles vécurent ensuite deux heures délicieuses où elles parlèrent un peu du présent, plus de l'avenir mais surtout du passé. Ruth apprit à connaître son futur époux à tous les stades de son enfance, de son adolescence, de sa jeunesse.

Lorsqu'il pénétra dans le salon, en dépit de son flegme, Archibald Lauder ne put masquer son étonnement en voyant Miss Truksmore en conversation amicale avec sa mère. Du coup, il bafouilla un tantinet :

— Je... je suis charmé de... de vous rencontrer ici, très chère... charmé mais surpris.

Ruth se leva.

— Sir Archibald Lauder, j'ai l'honneur de vous demander votre main puisque vous ne vous décidez pas à me demander la mienne.

— Je suis... enfin... je... je ne m'attendais pas... vous comprenez...

Il ressemblait à un pingouin à qui un explorateur entreprendrait d'expliquer la relativité einsteinienne. Le baronet tourna un regard affolé vers sa mère qui l'encouragea d'un sourire. Alors, Archibald recouvra son sang-froid, incrusta son monocle dans son orbite et, s'inclinant devant la visiteuse :

— Miss Truksmore, voulez-vous me faire la grande joie de m'accepter pour époux?

Se redressant, il expliqua :

— Je pense que c'est plus correct, ainsi. Votre réponse, Miss, je vous prie?

— J'accepte, Archibald.

— Je vous en remercie.

— Et rien d'autre?

— Pardon?

— Vous ne m'embrassez pas?

Le baronet jeta un nouveau coup d'œil vers lady Lauder qui donna l'avis mutuellement sollicité.

— C'est dans l'usage, Archibald. Au surplus, vous en mourez d'envie.

Alors, de même que sur les bords de la Tamise, le baronet se jeta littéralement sur Ruth, la prit dans ses bras et lui administra un baiser qui, à nouveau, lui fit craindre l'asphyxie. Elle se dégagea à grand-peine et, rouge comme une cerise, chuchota :

— Vous manquez de tenue, Archibald!

D'une voix douce et affectueusement maternelle, lady Elizabeth prit la défense de son fils.

— Ne soyez pas trop sévère, Ruth. Archibald, je vous l'ai dit, est un timide.

Miss Truksmore se demanda ce qu'il adviendrait d'elle lorsque Archibald aurait vaincu sa timidité!

En poussant la porte du grand patron — Terence Woolwerton — Ruth Truksmore sentit son habituel courage l'abandonner. Elle craignait qu'à l'annonce de son mariage avec le baronet, Terence ne manifestât une ironie courtoise mais cruelle. Contrairement à son attente, le directeur parut enchanté de la nouvelle et félicita chaleureusement Ruth de devenir Lady Lauder. Ruth qui le connaissait depuis longtemps savait que sous ses apparences frivoles de gentleman uniquement préoccupé de courir les réunions mondaines, Terence Woolwerton cachait une volonté farouche de perpétuer la gloire de sa maison. Connaissant à fond tous ses collaborateurs, Terence se voulait leur confident, leur conseiller, leur protecteur. Cela parce qu'il était persuadé que la puissance de la firme Woolwerton était liée à la grandeur du Royaume-Uni. Woolwerton savait tout de l'existence passée de Miss Truksmore et c'est la raison pour laquelle celle-ci se crut autorisée à solliciter son avis.

— Vous n'ignorez pas, sir, que ma vie a son secret, si vous me permettez de m'exprimer aussi pompeusement... La loyauté me commande, sans doute, d'en faire part au baronet avant notre mariage mais, je crains fort que cette révélation ne l'oblige à renoncer à notre union...

Terence sourit amicalement.

— Et vous avez bien envie de devenir lady, n'est-ce pas?

— Oui.

— Miss Truksmore, je ne vais pas vous parler comme un gentleman, mais comme un homme d'affaires. Parce que je suis convaincu que vous êtes la femme qu'il faut à Lauder, je vous conseille de vous taire. Vous lui révélerez votre secret lorsque vous le jugerez opportun. Je suis persuadé qu'il vous aime assez pour ne point vous en tenir rigueur. C'est un homme si parfaitement éduqué... Bonne chance, Miss.

Enfin, le moment vint où dans le salon de Bedford Way, Archibald et Ruth commencèrent à rédiger invitations et faire-part. Le baronet plaisanta sa fiancée lorsqu'il vit qu'elle rédigeait une adresse au nom du colonel Stockdale.

— J'ignorais que vous aviez des accointances dans l'Armée?

— C'est un ami qui m'a beaucoup aidée.

— Un ancien flirt?

— Non, je n'ai jamais vu James-Herbert Stockdale.

Archibald fut sur le point de poser d'autres questions, mais son éducation lui interdisait de solliciter une confidence qu'on ne semblait pas disposé à lui faire. Leur pensum achevé et tandis qu'ils prenaient le thé sous l'œil attendri de lady Elizabeth, le baronet vantait à Ruth les charmes cachés du vieux Paris où il se proposait de l'emmener pour leur voyage de noce. Miss Truksmore l'écoutait avec une gêne qu'elle avait toutes les peines du monde à dissimuler car elle savait bien qu'elle n'irait pas à Paris.

Le mariage fut au-dessus de tout ce que Ruth espérait et, lorsqu'un vieux gentleman aux articulations noueuses, mais fleurant bon la lavande Yardley et le whisky de belle qualité la salua du titre de lady, Ruth savoura la plus grande joie de sa jeune existence. Désormais, elle était certaine d'avoir réussi.

Dans le paisible hôtel de Bloomsbury qu'ils avaient gagné après les différentes cérémonies et réceptions, Archibald et Ruth se trouvaient, pour la première fois de la journée, en tête à tête. La jeune femme procéda la première à sa toilette de nuit et, libérant la salle de bains, s'en fut prendre place dans son lit jumeau de style Louis XVI. Le baronet, ayant oublié sa veste de pyjama, réapparut dans la chambre le torse nu, et son épouse ne put s'empêcher d'admirer une musculature qui la surprenait. Elle en fit compliment à Archibald visiblement flatté.

— Darling, depuis ma jeunesse, je ne manque jamais de m'astreindre chaque matin à une série d'exercices selon la méthode : « Devenez un Hercule sans vous en apercevoir. »

La nouvelle lady ne possédait pas tellement d'expérience, mais quelques minutes plus tard, elle convint en elle-même que son mari ne se débrouillait pas si mal, lorsque le téléphone, en sonnant, interrompit leurs communs ébats. Malgré sa retenue habituelle, Ruth faillit jurer lorsque son mari l'abandonnant, annonça :

— Ce doit être maman!

Mais il ne s'agissait pas de lady Elizabeth et, le visage fermé, le baronet tendit le récepteur à sa femme.

— C'est pour vous, ma chère, de la part de ce colonel... Que nous n'avez jamais vu!

Ruth écouta ce qu'une voix inconnue lui disait, reposa l'appareil et ne sut que dire.

— Il nous souhaite tout le bonheur possible.

Sèchement, le baronet répliqua :

— Il est bien bon!

Ruth comprit qu'elle ne pouvait plus retarder l'aveu de son secret, mais elle ne savait comment. Sans le vouloir, Archibald lui vint en aide. Le monocle à l'œil dans son pyjama grenat à revers noirs, elle le jugea, tout ensemble, attendrissant et ridicule.

— Dieu m'est témoin, ma chère, que je déteste me mêler des affaires des autres, mais lorsqu'il s'agit de ma femme, je change d'opinion. Ruth, dites-moi la vérité : ce Stockdale a-t-il des droits sur vous?

Elle baissa la tête.

— Oui.

— Ah...

Visiblement, le coup l'avait frappé.

— Dans ces conditions, ma chère, il me paraît difficile...

— Je vous en prie, Archibald, ne prononcez pas des mots que vous regretteriez... si le colonel Stockdale a des droits sur moi ce n'est pas parce qu'il est ou a été mon amant, mais bien parce qu'il est mon chef.

— Votre chef?

Le baronet, stupéfait, haussa les sourcils si haut que son monocle tomba sur le tapis où il oublia de le ramasser.

— Archibald... Mon poste chez Woolwerton n'est qu'une couverture.

— Une couverture?

On lui aurait parlé chinois qu'il eut paru moins ahuri.

— Car en vérité, Archibald, je suis un agent du MI. 5 où le colonel Stockdale dirige la section dont je dépends.

CHAPITRE II

Il se fit un long silence pendant lequel sir Archibald Lauder tentait de dominer la situation. Ruth s'attendait à une réaction violente. Le baronet ajusta son monocle et, oubliant de chausser ses babouches, déclara avec infiniment de courtoisie et de froideur :

— Vous avez, chez Woolwerton, la réputation de posséder une imagination hors série, mais je ne pensais pas que ce fut à ce point-là! Agent du MI. 5! Par Dieu, ma chère, l'excuse est jolie!

Ce fut au tour de la jeune femme de ne plus rien comprendre.

— L'excuse?

— Ma chère, nombreux furent — à travers l'histoire — les Lauder qui eurent à souffrir d'infidélités conjugales. Vous me direz que c'est là le lot de pas mal de bonnes et vieilles familles qui ne sont, d'ailleurs, peut-être devenues vieilles que parce que des sangs étrangers ont subrepticement revigoré des races fatiguées. J'imagine que toutes les excuses ont été invoquées par les épouses volages mais je n'ai pas souvenance, dans la tradition familiale, qu'on ait jamais parlé d'une femme qui, pour rejoindre son amant, se soit fait passer pour espionne!

— Archibald! Vous ne me croyez pas?

— Non, ma chère, je ne vous crois pas.

— Vous m'injuriez, Archibald!

— Voilà qui est plaisant! Vous m'apprenez que j'ai un rival et c'est moi qui vous injurie?

— Mais puisque je vous dis...

— Je sais, je sais, vous êtes la Mata-Hari britannique, seulement le malheur est que je n'ajoute aucune foi à ces histoires d'espionnage, d'agents secrets et autres calembredaines de cette sorte!

Sidérée, lady Lauder ne put que balbutier :

— Vous niez l'existence du MI. 5?

— Non pas! Ce que je nie, c'est son utilité. Mais, quoi, en temps de paix, il faut bien que les militaires s'occupent, n'est-ce pas?

Une pareille attitude défiait le bon sens et Ruth ne put se tenir de le remarquer :

— Archibald, seriez-vous vraiment un imbécile?

— Je crains que vous ne soyez en train de me manquer de respect, ma chère!

Il se dressait, statue de gentilhomme outragé, mais ses pieds nus, son pyjama mal boutonné lui enlevaient toute dignité en dépit de son monocle et Ruth remarqua ironiquement :

— Permettez-moi de vous confier que vous manquez de tenue, Archibald!

Le baronet devint très rouge, faillit se laisser emporter par la colère puis se maîtrisant, enfila sa robe de chambre et chaussa ses babouches.

— Votre cynisme, ma chère, a quelque chose d'effarant. Où devez-vous rejoindre ce Stockdale?

Elle haussa les épaules, fatiguée de lutter contre une pareille incompréhension.

— Je ne vais pas le rejoindre. Sachant que je parle allemand, il m'envoie à Vienne.

— Ce n'est pas une raison! Moi aussi je parle allemand. Me sera-t-il permis de vous demander pour quelles raisons vous avez tellement retardé ces révélations?

— Parce que je vous aime, Archibald, et que je craignais de vous perdre.

— Soit... Admettons. Enfin, voyons, vous imaginez ce que penserait maman si elle apprenait qu'elle a pour belle-fille une... espionne?

— L'opinion de votre mère, je m'en fiche!

— Oh!

— Ce qui compte, c'est vous et moi!

— Et Stockdale!

Elle ne répliqua pas et se recoucha pendant qu'il parcourait la chambre à grands pas. Au bout d'un moment, il s'arrêta devant le lit de Ruth.

— Et... Qu'êtes-vous censée aller faire à Vienne.

— A quoi bon?

— Je vous en prie. Je tiens à me rendre compte de la manière dont vous avez monté votre scénario!

D'un coup de rein, elle s'assit sur son lit. Elle ne supportait pas qu'on la soupçonnât de mentir.

— Que cela vous plaise ou non, les Britanniques ont, à Budapest, un réseau qui aide les Hongrois, désireux de retrouver la liberté, à gagner Vienne. Or, dernièrement, ce réseau a été complètement détruit et notre meilleur agent dans le coin, mon collègue Fred Lucan a disparu. On estime en haut lieu que je suis apte à découvrir où est la faille dans notre organisation.

— Un vrai roman-feuilleton!

— Mais avec de vrais morts!

— Je ne le crois pas! Toutes ces histoires ne sont que fables répandues par les auteurs de romans d'espionnage!

— Je n'imaginais pas qu'il existait encore en 1965 quelqu'un d'aussi borné que vous!

— C'est ce que l'on dit généralement des maris bernés!

— Arrêtons la discussion, voulez-vous? J'ai besoin de me reposer car je prendrai l'avion de Vienne demain matin.

— Vous prendrez... vous prendrez... si je vous le permets!

— Je ne pense pas que vous ayez encore quelque chose à me permettre ou à me défendre, Archibald. Retournez vite auprès de lady Elizabeth et occupez-vous des formalités du divorce. Bonsoir.

Sous le regard furieux du baronet, Ruth s'enfonça sous ses couvertures. Sir Archibald resta un instant décontenancé par cette disparition, puis il gémit, toute dignité à vau-l'eau :

— Et moi, dans tout ça, qu'est-ce que je deviens?

Ruth sentit que le combat n'était peut-être pas encore perdu. Elle émergea pour déclarer fermement :

— Vous retournez auprès de votre maman, de vos pêcheurs si distingués et vous m'oubliez.

— Mais je... Je ne peux pas.
— Et pourquoi?
— Parce que je vous aime, moi!
Emue, elle s'assit de nouveau sur son lit.
— Archibald, vous ne voulez vraiment pas m'accorder votre confiance?
— Il m'est impossible, Ruth, de croire à vos histoires extravagantes! Il serait plus honnête de m'avouer que vous avez inventé tout cela pour rejoindre votre Stockdale à Vienne!
— Il est à Karachi! Et je vous répète que je ne sais pas comment il est fait ni à quoi il ressemble! Mais cela suffit, Archibald. Couchez-vous ou rentrez chez votre mère, mais laissez-moi en repos. Je vous enverrai des cartes postales de Vienne. Re-bonsoir!
— Non! Vous ne m'enverrez pas des cartes de Vienne car, pour vous confondre, je vous accompagnerai à Vienne! Et nous verrons bien si j'en rencontrerai, moi, des espions! Vous entendez, Ruth? Je vous accompagne! Que cela vous plaise ou non!
— Mais je n'ai jamais souhaité autre chose, darling...
En s'endormant, Ruth avait cru de bonne foi que tout était arrangé puisque son mari acceptait de venir avec elle. A Vienne, il comprendrait que ce qu'il tenait pour des fariboles de romanciers, était une réalité pleine d'angoisse, de sanie et de sang. Mais dès qu'ils eurent mis le pied sur l'aérodrome, elle commença à douter d'arriver jamais à obliger le baronet à prendre une conscience claire des événements et des faits. Tout lui était motif à critiques acerbes, à plaintes infinies. Il se trouvait mal placé, mal assis, dans un courant d'air. Il s'in-

quiétait de ses valises, se plaignait, menaçait, récriminait, en bref, se rendait odieux à tout le monde dès son apparition. Le snob dans toute son horreur, le fils à maman dans toute son affreuse puérilité. Au fur et à mesure que l'avion s'éloignait de Londres, lady Lauder se demandait avec de plus en plus de précision si elle n'avait pas commis l'erreur de sa vie en épousant ce bon à rien de baronet. Du coup, elle plongea dans une mélancolie sans limites dont elle n'émergea qu'à Vienne pour s'apercevoir que son époux lui devenait terriblement indifférent. Pendant le voyage, refusant de répondre à sir Archibald qui, à son tour, s'enferma dans un mutisme total, Ruth pensa à ce Fred Lucan dont la disparition était la cause de son voyage. Elle se souvenait vaguement du garçon de taille moyenne, mais râblé et vif, débordant d'énergie. Savoir quelle mort il avait eue.... Quand elle songeait aux hommes rencontrés, vus au sein du MI. 5 et qu'elle les comparait à celui assis à ses côtés pour la vie, elle éprouvait une grande envie de pleurer et de se flanquer des gifles.

Le couple descendit au *Kaiserin Elisabeth*, dans la Weihburggasse, un hôtel cossu qui, sans atteindre au grand standing des palaces de premier ordre, convient à une clientèle aimant le confort. Le titre de sir Archibald fit son effet au bureau de la réception. On se précipita en se déclarant très honoré. Dans leur chambre et pendant que Ruth défaisait sa valise, le baronet demanda, sarcastique :

— Alors, ma chère, nous voici sur le théâtre de vos futurs exploits... Devrons-nous acheter des masques pour nous les mettre sur le visage et des manteaux couleur de muraille?

— Si c'est là l'esprit d'Oxford, permettez-moi de ne plus regretter de n'y avoir pu étudier.

— Dommage, on vous y aurait enseigné que les gens comme il faut ne font pas métier d'écouter aux portes, de regarder chez autrui par le trou de la serrure, d'ouvrir les lettres qui ne leur sont pas adressées.

— Mon pauvre Archibald, vous êtes vraiment un monument!

— Un monument?

— De stupidité!

— Merci, très chère. Je pense que c'est la première fois qu'un Lauder est traité de cette façon par sa femme légitime.

— Si vos ancêtres vous ressemblaient, leurs femmes ont eu tort. Franchement, Archibald, pourquoi m'avoir accompagnée ici?

— Pour vous obliger à reconnaître vos mensonges!

Sur cette réflexion, ils se tournèrent le dos et chacun vaqua à ses occupations. Lorsque Ruth fut prête, elle demanda à son mari :

— Je sors. Venez-vous avec moi?

— Et comment! Imaginez que des espions ennemis vous attaquent, je dois être là pour vous défendre.

Elle haussa les épaules.

— Si je ne dois compter que sur vous, je peux rédiger mon testament.

Ensemble, ils gagnèrent la Kärtner Strasse où Ruth s'arrêtait devant toutes les vitrines tandis qu'Archibald lui chuchotait des réflexions stupides, du genre : Regardez ce gros homme soviétique? Et ce petit, il me paraît arriver tout droit d'au-delà du rideau de fer! Méfiez-vous, chère, cette grande fille aurait de mauvaises intentions à votre égard que je n'en serais pas étonné! Oh! cette auto qui ralentit... Ruth, projetterait-on de vous enlever?

Elle supporta ces taquineries d'un goût douteux un moment, puis elle éclata et, à l'étonnement des paisibles Viennois, exprima à haute et intelligible voix au baronet, ce qu'elle pensait de lui. Un instant décontenancé, sir Archibald répliqua, tant et si bien qu'un agent de police intervint pour s'enquérir de ce qui se passait et obligea à circuler les curieux qui déjà s'agglutinaient. Lorsque le policier sut avoir affaire à des Britanniques, il s'étonna que des gens réputés pour leur flegme se conduisent de pareille façon dans la rue et à l'étranger. Sir Archibald expliqua que sa femme ayant gardé un merveilleux souvenir du film *Le troisième Homme* se déroulant à Vienne, voyait des espions partout et croyait dur comme fer à ces billevesées. Ruth pria l'agent de ne pas prêter attention aux élucubrations de son époux qui s'affirmait le plus solennel crétin que le Royaume-Uni ait jamais compté. L'Autrichien, bien embêté, leur conseilla amicalement de se calmer, réclama le nom de l'hôtel où ils étaient descendus et, après avoir jeté un coup d'œil sur leurs passeports, les assura qu'ils auraient intérêt, s'ils désiraient poursuivre leur séjour à Vienne, à s'apaiser et à ne pas se soucier des espions. Tenant à avoir le dernier mot, lady Lauder s'enquit d'une voix angélique de savoir si les juges autrichiens se montraient sévères pour les épouses se débarrassant de leur conjoint de manière violente. Ebahi, l'agent mit quelques secondes avant de reprendre son souffle.

— Je pense, madame, que c'est là un échantillon de l'humour britannique. J'ai le regret de vous dire que nous ne sommes sans doute pas assez intelligents, ici, pour l'apprécier à sa juste valeur.

— Bon. Alors, donnez-moi au moins l'adresse de notre consulat?

— Walnerstrass, 8.

Mais au lieu de se rendre au consulat, Ruth — toujours suivie de son mari — rétintégra l'hôtel. La porte de leur chambre refermée, lady Lauder ne s'emporta pas, ne cria pas, mais exposa clairement à son époux ce qu'elle avait à lui dire :

— Archibald, j'ignore si votre conduite a été plus grotesque qu'odieuse, mais, je vous le jure, j'en ai assez de vous et de tous les Lauder de la création. Parce que j'ai une mission à accomplir, je ne puis quitter Vienne...

Le baronet ricana :

— Quelle déception ce serait pour ce pauvre Stockdale!

— ... Mais vous, vous avez le droit de repartir. Je vous en prie, regagnez vite Bloomsbury et votre bureau de Woolwerton, vous n'êtes pas fait pour autre chose.

— Cela vous ennuie, n'est-ce pas, que je sois à même de constater votre bluff?

Elle se tut, vaincue par cette obstination. Parce qu'elle était à bout de nerfs, elle se laissa tomber dans un fauteuil et pleura. Sir Archibald, devant ce chagrin, ne sut plus bien quelle attitude adopter. La peine de sa femme le touchait.

— Ruth...

— Quoi encore?

— Ecoutez... Ne pourrions-nous...

— C'est trop tard, Archibald. Je croyais vous

aimer, mais je me suis trompée. Vous êtes trop veule, trop muré dans vos idées, dans vos préjugés, pour que je puisse vous estimer et je suis incapable de m'attacher à quelqu'un que je n'estimerais pas.

Il s'approcha d'elle et murmura :

— Je suis jaloux, Ruth... Je sais bien que c'est là un sentiment vulgaire, mais je n'y puis malheureusement rien... Quand je pense à ce Stockdale...

— Combien de fois faudra-t-il vous répéter que je ne le connais pas? Que je suis vraiment en mission à Vienne, en mission dangereuse?

— Pardonnez-moi, Ruth, mais ou ce Stockdale existe réellement et vous voulez le rejoindre, ou il n'existe pas et vous êtes malade...

— Malade? En voilà une autre!

— Ruth, darling, vous êtes victime d'une obsession. Il n'est pas possible qu'une fille aussi équilibrée que vous puisse ajouter foi à ces histoires d'espions au point de se figurer y être mêlée! Il faut me laisser vous soigner, Ruth... Je resterai à vos côtés tant que vous ne serez pas guérie, après vous agirez comme vous l'entendrez.

Elle l'examina longuement, puis assurée de sa sincérité, elle expliqua paisiblement :

— J'estime que poursuivre cette discussion ne mènerait à rien. Tout ce dont je puis vous assurer, Archibald, c'est que je ne suis pas folle comme vous semblez le penser. Alors, demeurez près de moi jusqu'à ce que vos yeux s'ouvrent enfin. Tout ce que je vous demande, c'est de ne pas intervenir, de me laisser mener à mon idée la tâche qui m'incombe. Je n'imaginais pas, Archibald, qu'il existait encore un monde semblable à celui où vous vivez avec votre mère et vos amis, un monde où l'on ne triche jamais, où l'on apprend à servir le thé, à harmoniser les couleurs d'une cravate et d'un costume, décider si la manière de pêcher porte atteinte à l'honneur familial, constituent l'essentiel de l'existence. Nous n'appartenons pas au même univers, Archibald. Nous aurions dû le comprendre, mais je reconnais que je fus la fautive dans l'affaire. Je vous prie, à mon tour, de me pardonner de m'être illusionnée sur vos possibilités de compréhension. Considérons, si vous le voulez bien, que nous sommes deux amis en vacances, contraints à une certaine promiscuité par suite d'un hypothétique manque de place. Nous remettrons tout en ordre et chacun reprendra sa liberté dès que nous serons de retour à Londres.

— Vous oubliez que je vous aime, Ruth.

— Là encore, vous vous trompez, Archibald. Vous vous imaginez aimer une Ruth qui n'existe pas comme je me suis figuré épouser un Archibald inventé. Plus un mot sur nos erreurs respectives, voulez-vous?

Il acquiesça et, dès lors, ils s'enlisèrent confortablement dans une indifférence passablement mélancolique.

Pendant trois jours, ils visitèrent Vienne, allèrent s'attendrir sur le souvenir de Maria Vetsera, à Mayerling, boire du vin blanc à Grinzing, en bref, se conduisirent en touristes parfaits. Et puis un soir, alors qu'ils rentraient de Schönbrunn, ils trouvèrent une carte de l'ambassade d'Angleterre les conviant à une réception de Son Excellence. Le baronet s'étonna d'une amabilité que rien ne justifiait, mais s'avoua flatté d'une attention lui prouvant que Son Excellence n'ignorait pas les Lauder. Doucement, Ruth, le détrompa.

— Archibald, je suis navrée. Ce n'est pas vous mais moi qu'on invite.

— Vous?

— Parce que, pour ne pas éveiller les soupçons, susciter d'inutiles curiosités, il a été convenu que je rencontrerais les gens que je dois voir dans les salons de l'ambassade.

— Ça recommence? Et moi qui vous croyais déjà sur le chemin de la guérison!

— Chut! Rappelez-vous ce dont nous sommes convenus?

A la soirée de l'ambassade, le couple de lady et sir Archibald Lauder créa une sensation profonde par sa prestance. Son Excellence et sa femme tinrent à en faire compliment aux jeunes mariés. Le baronet se rengorgeait comme un paon tandis que Ruth cherchait des yeux le consul Jim Ferns dont elle avait examiné la photographie à Londres et qui était le chef du contre-espionnage britannique à Vienne. Elle l'aperçut buvant, solitaire, un whisky, tout en feignant d'admirer une toile de Gainsborough. Sans aucun doute, attendait-il que Ruth (qu'il ne connaissait pas) l'approchât. Profitant de ce que son mari dansait avec l'ambassadrice, elle se glissa vers le consul.

— Excusez-moi, sir, ne seriez-vous pas sir Jim Ferns?

— Mais oui, Miss...?

— Lady Ruth Lauder...

— Pardon.

— Mon oncle est le colonel Stockdale et il m'a chargé de vous confier en réponse à ce que vous lui aviez demandé, que les cactus ne portent toujours pas de fleurs à Karachi.

— Accepteriez-vous, lady Lauder, d'aller prendre l'air dans le jardin?

— Avec plaisir.

Dès qu'ils furent isolés, Ferns attaqua :

— Je ne sais, lady Lauder, si vous avez une conscience exacte de ce que l'on attend de vous?

— Pourquoi cette question?

— Je trouve pour le moins étrange que le premier soin d'un agent secret (il appuya sur l'épithète « secret ») soit de se faire remarquer au point que la police viennoise se croie obligée de me mettre en garde contre vos agissements!

Confuse, Ruth dut expliquer le comportement de sir Archibald, mais elle vit bien à la tête de son interlocuteur qu'il n'ajoutait guère foi à ses propos. Il conclut avec amertume :

— Ne m'en veuillez pas de remarquer que nos bureaux londoniens se montrent parfois léger dans le choix de leurs agents.

— J'espère vous démontrer d'ici peu que vous me jugez mal. C'est alors seulement que j'accepterai vos excuses.

— Soit. Trouvez-vous demain au Zentralfriedhof, à midi, devant le carré des musiciens. Tout en nous promenant devant les tombes, je vous donnerai vos instructions.

— Entendu.

— Maintenant, je vais vous présenter ceux qui m'aident dans ma tâche et qui vous aideront dans la vôtre. Naturellement, ils sont tous employés au consulat.

Réintégrant les salons, Ferns désigna à Ruth un garçon d'une quarantaine d'années, au visage marqué, d'une taille moyenne, aux yeux fripés d'alcoolique. Le consul chuchota :

— Quoi que vous en puissiez penser en le rencontrant maintenant, lady Lauder, Malcolm Ryhope a été un des meilleurs et des plus courageux agents du service jusqu'au jour où il s'est mis à boire.

— Pourquoi boit-il ? Par vice ?

— Même pas...

Et lui montrant une jeune femme typiquement anglaise avec son teint frais, ses cheveux blonds et ses yeux bleus :

— Voilà la raison de sa déchéance... Annabel Wooler, ma secrétaire.

— Je ne comprends pas ?

— Malcolm aime Annabel depuis des années et Annabel l'aimait, du moins se le figurait. Ils avaient projeté de se marier et de retourner à Londres lorsque Terry Lowdham est arrivé.

— Qui est-ce ?

— Regardez là-bas ce bel homme et dites-moi si vraiment on peut découvrir plus magnifique exemple de la race anglo-saxonne ?

— J'avoue qu'en effet...

— Terry Lowdham est un agent remarquable à qui sa prestance donne des avantages certains... Londres le tient en haute estime et je le crois promis à un grand avenir. Vous comprendrez encore, lady Lauder, que contre Lowdham, Ryhope n'avait guère de chance. Dès qu'il parut, Annabel en devint éperdument amoureuse. Je ne sais où en sont leurs affaires, mais si elles n'ont pas dépassé les limites admises par la vertu, ce n'est sûrement pas la faute de Miss Wooler qui s'est littéralement jetée à la tête du nouveau venu.

— Et Ryhope?

— Il s'est mis à boire. J'aurais dû le renvoyer à Londres, mais je n'ai pas osé, en souvenir de son passé sans doute et aussi de sa malchance présente.

Quelques minutes plus tard, Ruth saluait Ryhope, Lowdham et Annabel. Déjà perdu dans les brumes légères d'une ivresse commençante, Malcolm ne fit que passer et retourna vite au bar. Si Annabel Wooler montra la froideur dont une jolie fille peut témoigner quand elle voit s'approcher une fille encore plus jolie, Terry Lowdham fut d'une gentillesse tout à fait sympathique. Il dit à lady Lauder combien il admirait son courage, alors qu'elle avait une situation assise dans la bonne société, de venir risquer sa vie, sa tranquillité, son confort dans une histoire difficile. Miss Wooler, qu'énervait l'attitude de son bien-aimé, se crispait et s'apprêtait à lancer une remarque aigre-douce lorsque le baronet leur tomba dessus.

— Ah! ah! voilà donc vos espions, très chère?

Eberlués, Lowdham, Annabel et Ferns se regardèrent tandis que lady Lauder, horriblement embarrassée, ne savait comment amortir l'effet désastreux de la lourde et détestable plaisanterie de son mari. Elle n'eut d'ailleurs pas le temps d'intervenir avant qu'Archibald, sans doute très content de lui, n'ait remis ça.

— Darling, est-ce que le grand chef sioux Stockdale se trouve parmi ces gentlemen?

— Archibald, je vous en prie, taisez-vous!

Pour essayer de détourner la conversation qui

s'annonçait orageuse, Ruth procéda aux présentations, mais le baronet ne démordait pas.

— Alors, gentlemen, et vous, Miss, vous formez avec ma femme un joli quatuor d'espions au service de Sa Gracieuse Majesté?

Congestionné, Jim Ferns passait le doigt entre son col et son cou, pour tenter d'échapper à l'apoplexie le menaçant. Annabel Wooler, la bouche ouverte, regardait sir Archibald comme le poisson en train de mourir sur la rive, regarde le pêcheur qui l'a arraché à la rivière. Seul Terry Lowdham paraissait s'amuser.

— Vous aimez à plaisanter, sir, à ce que je comprends?

Le baronet eut un rire malin.

— Vous y croyez, vous, à ces histoires d'espions?

— Pas le moins du monde! Au cinéma, peut-être et encore...

Sir Archibald lui flanqua une tape sur l'épaule.

— Vous me plaisez, je suis heureux de rencontrer un homme de bon sens! Si vous pouviez persuader ma femme et la guérir de sa mythomanie, vous me rendriez un fameux service!

— Lady Lauder me paraît pourtant une personne parfaitement équilibrée?

— Sauf quand il s'agit d'espionnage! Figurez-vous qu'elle se prend pour un agent secret chargé de sauver la Couronne!

— Vous êtes encore plus stupide que tout ce que je pouvais imaginer, Archibald! Rentrons!

Le couple se retira précipitamment sans prendre congé de personne. A l'hôtel *Kaiserin Elisabeth*, l'explication éclata, orageuse. Buté, le baronet ne voulait rien admettre, persuadé qu'il avait eu raison d'agir comme il l'avait fait, estimant que c'était là le seul moyen de triompher des phantasmes agitant l'esprit de son épouse. Il eût été moins assuré s'il avait entendu la réflexion de Terry Lowdham soupirant après son départ fracassant :

— Il est des femmes qui paient très cher leur désir de parvenir...

Annabel l'approuva hautement. Ryhope, mis au courant, estima l'histoire très drôle et déclara qu'il lui tardait d'être présenté à ce baronet sympathique. Ce à quoi Miss Wooler répliqua sèchement que ses vœux seraient déjà comblés s'il ne passait pas tout son temps au bar. Quant à Ferns, il fila en annonçant qu'il allait téléphoner à Londres pour demander si l'on souhaitait vraiment découvrir l'auteur de l'extermination du réseau hongrois ou si l'on désirait, au contraire, exterminer en plus le réseau autrichien!

Au *Kaiserin Elisabeth*, les choses faillirent tourner très mal et Ruth frôla la crise de nerfs lorsque, content de lui, sir Archibald déclara :

— Avez-vous vu la tête de vos amis, très chère, lorsque je leur ai montré que leur petit complot s'avérait inutile?

Les poings crispés, la mâchoire serrée, les paupières closes pour tenter de se dominer, lady Lauder articula :

— Quel com-plot, Ar-chi-bald?

— Mais celui qui consistait à vouloir m'obliger à croire à vos trucs d'espions!

— Vous vous croy-ez vrai-ment très drô-le?

— Pas drôle, mais malin!

— Malin!

Ruth émit un feulement de tigresse en colère

et se rua littéralement contre son mari dont elle martela la poitrine de ses poings.

— Savez-vous ce que vous avez fait, vous, le malin? Vous avez tout simplement renseigné les agents ennemis se trouvant dans l'assistance sur les occupations véritables de Ferns et de ses employés!

— Des agents ennemis à une réception de l'ambassade britannique? Vous ne savez décidément plus quoi inventer, ma chère! Comme si Son Excellence allait s'amuser à inviter des agents ennemis! Je vous assure, Ruth, par moment, vous extravaguez!

La jeune femme se jeta sur son lit, à plat ventre, et mordit son oreiller pour ne pas hurler.

Lorsque le lendemain, vers onze heures, le baronet demanda à sa femme sur le point de sortir où elle se rendait, elle lui répliqua brièvement que cela ne le regardait en aucune façon et qu'il avait jusqu'ici commis suffisamment de gaffes pour qu'elle ne consente plus à le traîner avec elle. Il lui était loisible de refuser toute créance à l'existence des agents secrets, elle ne tenterait plus de le convaincre, mais comme elle ne souhaitait pas finir dans le Danube, une corde au cou ou un poignard dans le dos, elle préférait de beaucoup qu'il vaquât à ses occupations et, elle, aux siennes. Sur ces fortes paroles, elle quitta la chambre en claquant la porte derrière elle.

Dehors, Ruth eut l'impression d'avoir retrouvé une liberté depuis longtemps perdue. Maintenant, elle savait qu'elle n'aimait pas le baronet. Son ambition l'avait abusée. Ils appartenaient l'un et l'autre à des mondes trop différents pour pouvoir se comprendre. Elle aurait dû deviner que dans l'atmosphère douillette, si distinguée de lady Elizabeth, il n'y avait point place pour les luttes sordides des agents secrets. On y préférait nier l'existence de ce qui pourrait choquer. Au contraire, chez Ruth et ceux lui ressemblant, on se battait pour vivre, on se battait pour obtenir une place, on se battait pour la garder; on n'y avait peur ni des coups ni des injures. La vulgarité n'effrayait pas.

En montant dans le tram 71, à la Schwarzenbergstrasse, Ruth était bien décidée à redevenir Miss Truksmore et à oublier le plus vite possible sa pitoyable et courte aventure. Le grand Zentralfriedhof ne fit pas à la jeune femme l'impression redoutée et, dès ses premiers pas dans l'allée principale, elle comprit le choix de Ferns. Plus qu'à un cimetière, le Zentralfriedhof ressemble à un vaste jardin où l'herbe et la fleur tiennent presque plus de place que la pierre. Selon les instructions reçues, Ruth remonta jusqu'au carrefour des musiciens où Beethoven et Schubert dorment leur dernier sommeil, en compagnie de Gluck, de Brahms, de Strauss et de tant d'autres. Plongé dans ce qui pouvait passer pour une pieuse méditation, Jim Ferns attendait devant la pierre tombale de Franz von Suppé. Elle le rejoignit avec précaution, en feignant de s'intéresser à d'autres tombes et ils continuèrent leur visite côte à côte. Dès le premier abord, Ferns se montra plutôt revêche.

— Vous avez pu vous débarrasser de votre mari?

— Vous le voyez.

— Où avez-vous pêché un pareil olibrius? Est-il vraiment stupide?

— D'une part, il est jaloux et s'imagine que j'ai inventé toute cette histoire pour retrouver quelqu'un; d'autre part, il ne croit absolument pas aux agents secrets qu'il tient pour invention de romanciers!

— On savait à Londres qu'il vous accompagnait?

— Oui.

— C'est à n'y rien comprendre... Enfin, voilà ce qu'il en est de notre affaire. Depuis un certain temps quelque chose ne marchait plus dans notre réseau hongrois. Nos agents disparaissaient les uns après les autres, les passeurs étaient arrêtés, les fuyards abattus dans des pièges tendus par les gardes frontières. De toute évidence, quelqu'un en qui nous avions confiance, quelqu'un au courant de nos activités, trahissait. C'est alors que Londres envoya Lucan qui, après un entretien avec moi, décida de gagner clandestinement Budapest. Sur mes conseils, il emprunta la voie habituelle, c'est-à-dire qu'il se rendit à Graz, chez le cordonnier Hans Krukel qui habite dans la Münzgraben Strasse. Ce cordonnier a des parents à Fürstenfeld, des paysans qui connaissent tous les passages pour franchir la frontière. Lucan était attendu par les gardes qui l'abattirent, sitôt qu'il eut posé le pied sur le sol hongrois. C'est tout. En résumé, il nous faut découvrir qui trahit : Krukel, les gens de Fürstenfeld ou... quelqu'un de chez nous.

— Parmi vos collaborateurs? Ce n'est pas possible!

— Il y a trop longtemps que j'exerce ce métier

pour penser qu'il y a quelque chose d'impossible.

— Que dois-je faire?

— Ce qu'a entrepris Lucan. Voir Krukel, filer à Fürstenfeld, mais nous vous surveillerons et vous protègerons. Vous ne franchirez pas la frontière, un autre se substituera à vous à ce moment-là. En somme, vous, vous devez vous assurer de la loyauté de ceux assumant la première partie du parcours. Si, par vous, nous savons que le réseau autrichien est resté sûr, nous n'aurons plus à porter nos efforts que sur le réseau hongrois. Personne, sauf moi, ne sera au courant des détails de votre mission. Mes collaborateurs n'ignorent pas que vous êtes là pour nous aider, mais je les laisserai dans l'incertitude quant à la façon dont vous vous y prendrez. Je ne leur ai pas parlé de notre rendez-vous ici même, si bien que nul au monde ne pourra apprendre ce dont nous sommes convenus.

Ferns n'avait pas fini sa phrase qu'une voix sèche ordonnait :

— Les mains en l'air ou je tire!

Ruth et Ferns s'immobilisèrent, pétrifiés.

— Et ne vous retournez pas!

Lady Lauder pensa que leur assaillant témoignait d'une effarante audace en les attaquant dans un cimetière où des témoins pouvaient sans cesse se montrer d'une seconde à l'autre. Elle entendit le souffle de l'homme qui se rapprochait. Du coin de l'œil, elle surveillait les réactions de son compagnon. Ferns était un trop vieux routier des Services Secrets pour ne point s'adapter à n'importe quelle situation dans le minimum de temps. Quand il crut comprendre que l'autre se trouvait presque contre lui, il se laissa tomber au sol en même temps qu'il empoignait son pistolet, se retournait et tirait. Heureusement, il n'eut pas loisir de viser, sinon sir Archibald serait incontinent passé de vie à trépas.

CHAPITRE III

Il y eut quelques secondes pendant lesquelles les protagonistes se regardèrent stupéfaits, incrédules, désorientés. Ruth soupira :

— Archibald...

Ferns avait du mal à réaliser et ne cessait de dire :

— Lui... Vous... Lui...

Quant au baronet il gémissait, épouvanté :

— Il... Il m'a tiré dessus!... Il aurait pu me tuer!... Quel sauvage!

Le consul haussa les épaules et rengaina son pistolet dans son holster. S'adressant à Ruth, il déclara :

— Essayez de comprendre, vous, si vous le pouvez. Moi, j'y renonce.

La jeune femme réclama des explications sur un ton qui fit comprendre à son mari qu'il valait mieux obéir.

— Archibald, qu'est-ce qu'il vous a pris?

— J'ai voulu vous jouer un tour...

Ferns en cracha par terre de dégoût.

— ... Je vous ai suivie quand vous avez quitté l'hôtel... Je suis monté dans le même tramway que vous... Je vous ai laissée descendre et quand j'ai vu que vous rejoigniez quelqu'un, je me suis glissé entre les tombes pour revenir près de vous... J'ai entendu toute votre conversation, ce qui prouve que vous n'êtes pas si malins que cela, après tout, hein?

Ferns jura.

— ... Et puis j'ai voulu vous faire peur, histoire de vous montrer que moi aussi je savais jouer aux espions. Seulement, je n'avais pas prévu que Mr. Ferns prendrait les choses au sérieux! D'abord, pourquoi se promène-t-il avec un pistolet? C'est interdit!

Le consul leva vers Ruth un regard désespéré.

— Ce n'est pas possible qu'il en existe deux comme lui! Je vous jure que ce n'est pas possible! Vous avez vraiment tiré le gros lot, lady Lauder!

Folle de rage, Ruth s'exclama :

— Je n'en peux plus, Archibald! Vous entendez, je n'en peux plus!

— Vous êtes souffrante?

— Souffrante? Mais c'est vous qui me rendez malade! Vous vous ingéniez à me compliquer ma tâche! Et ce coup-ci vous avez failli vous faire tuer de la manière la plus stupide! Vous croyez que cela m'amuse?

— Et moi!

— Vous, c'est de votre faute! Uniquement de votre faute! Et si vous voulez mon opinion, il est bien dommage que Ferns ne vous ait pas touché!

— En somme, vous regrettez de ne pas être veuve?

— Non, mais que vous ne soyez pas à l'hôpital pour un bout de temps, au moins je serais débarrassée!

— Et vous pourriez rejoindre votre Stockdale!

Il se tourna vers Ferns.

— Vous étiez d'accord, vous?

Le consul haussa les épaules.

— Moi, j'estime qu'on devrait vous enfermer dans un centre de rééducation. Bonsoir!

Alors qu'il s'éloignait, le baronet demanda à sa femme :

— Qu'est-ce qu'il insinue avec son centre de rééducation?

Ruth changea de tactique :

— Archibald, Terence Woolwerton m'a assuré que vous n'étiez pas un crétin.

— C'est bien bon de sa part.

— Prouvez-le moi en restant tranquille, en ne vous mêlant plus de mes affaires. Sortez, promenez-vous, visitez Vienne, mais laissez-moi accomplir ma mission. Je vais risquer ma vie, Archibald, et si vous intervenez, je n'ai plus une seule chance de m'en tirer. Vous ne tenez pas à ce qu'on me tue, Archibald?

Il passa son bras sous le sien et l'entraîna lentement vers la sortie.

— Non, je ne tiens pas à ce qu'on vous tue, parce que, moi, je vous aime, Ruth, et c'est pourquoi je désire que vous mettiez un terme à vos extravagances. Je ne suis pas dupe de la comédie que vous m'avez jouée avec Ferns.

— La comédie?

— Vous saviez très bien que j'étais derrière vous et le consul m'a manqué exprès. Vous teniez à ce que je vous entende pour que je vous laisse partir seule à Graz où votre Stockdale doit vous attendre. Seulement, mettez-vous bien dans l'esprit, que tant que vous porterez mon nom, vous ne me ridiculiserez pas! Si vous persistez à vouloir vous rendre à Graz, je vous accompagnerai, et j'aurai une explication avec ce mystérieux Stockdale qui m'a l'air d'un type bien compliqué.

De retour au *Kaiserin Elisabeth*, Ruth refusa d'adresser la parole à son mari et demeura sourde à tout ses objurgations. Elle se plongea dans la lecture d'un livre qui l'ennuyait, mais elle ne l'aurait abandonné pour rien au monde. Elle ne pouvait plus supporter Archibald et ses gaffes. Son amour même ne la touchait plus car elle se rendait parfaitement compte qu'il tenait à elle, non pas par tendresse, mais bien par vanité. Il ne voulait pas qu'il soit dit qu'un Lauder ait été abandonné par sa femme dès les premiers jours de leur voyage de noce. Imbus de lui-même, le baronet ne renoncerait pas à ses chimères qui masquaient son échec à ses yeux. Mieux valait nier l'existence des agents secrets que de reconnaître l'erreur commise en épousant l'ambitieuse Miss Truksmore. Scandale ou pas, Ruth se déclarait, intérieurement, bien résolue, sitôt de retour à Londres, à tout casser. Pour l'heure, il importait de rendre le baronet le plus inoffensif possible. Peut-être, après tout, que les « autres » ne prendraient pas au sérieux la mission de quelqu'un s'encombrant d'un pareil phénomène? Les sottises d'Archibald pouvaient même servir de paravent. Comment se méfier d'un agent secret qui claironne partout son passage et ses intentions par le truchement d'un mari jouant les clowns? Ruth se sentait assez contente de son raisonnement et estimait que Stockdale ne l'aurait pas dédaigné. Et puisque, d'un autre côté, elle ne voyait aucun moyen de se débarrasser temporairement de son mari, il lui fallait faire contre mauvaise fortune bon cœur et tenter de tourner à son profit les embûches qu'il semait, inconsciemment, sur sa route.

Vers dix-sept heures, un coup de téléphone de la réception annonça que Mr. Terry Lowdham demandait s'il lui serait possible de rencontrer sir Archibald ou lady Ruth. Narquois, gardant le téléphone à la main, le baronet dit à sa femme :

— Un de vos petits camarades-espions qui veut nous parler.

— Qui est-ce?

— Lowdham... Terry Lowdham.

Ruth pensa que Ferns — contrairement à ses intentions — avait mis ses collaborateurs au courant de la mission qu'il lui confiait et qu'il lui adressait peut-être Lowdham pour une information de dernière heure.

— Voulez-vous le prier de monter, Archibald?

Le baronet donna les instructions nécessaires et quelques minutes plus tard, Terry Lowdham frappait à la porte des Lauder. Sir Archibald l'accueillit avec chaleur :

— Entrez, entrez, cher monsieur! J'espère que ma présence ne vous dérange pas?

— Pardon?

— Peut-être comptiez-vous trouver lady Lauder seule?

— Je ne saisis pas ce...

— Mais, voyons, c'est tout naturel! Entre agents secrets on n'aime guère à voir se glisser un importun. Désirez-vous que je sorte?

— Pas le moins du monde... Je vous présente mes hommages, lady Lauder.

— Bonjour, Lowdham... Nous apportez-vous des nouvelles?

— Non pas. Je venais simplement vous demander si vous serez encore à Vienne à la fin de la semaine prochaine?

Le baronet intervint :

— Dieu seul le sait, cher monsieur! Peut-être serons-nous là, peut-être serons-nous morts — liquidés ainsi que vous dites, vous autres — peut-être enfin serons-nous dans une geôle communiste... Tout dépendra de l'issue de notre voyage à Graz.

Si Ruth avait eu un revolver, elle aurait sans doute tiré sur son mari pour l'obliger à se taire. Mais maintenant, il était déjà trop tard. Ainsi qu'il fallait s'y attendre, Terry s'étonnait.

— Vous vous rendez à Graz? Curieuse idée... Vous savez, à cette époque de l'année, il n'y a pas grand-chose à voir là-bas.

— Oh! mais nous n'y allons pas voir quelque chose, mais quelqu'un, un cordonnier... Curieuses relations, n'est-il pas vrai, pour une lady?

Nerveux, Lowdham s'adressa à Ruth :

— Votre mari veut-il dire que vous vous apprêtez à prendre contact avec Krukel?

— Ferns m'avait demandé le secret. Malheureusement, Archibald nous a écoutés... Oui, nous devons rencontrer Krukel.

— Mais c'est terriblement dangereux et pour vous et pour lui! Je ne comprends pas que Ferns vous fasse courir de pareils risques! Si Krukel est encore de notre bord, c'est que les autres ne sont pas fixés sur son cas. En lui rendant visite, vous le dénoncez. Si, au contraire, Krubel nous a trahis, vous envoyer à lui, c'est vous livrer à nos adversaires! Je vous en prie, lady Lauder, réfléchissez?

— Vous savez bien, Lowdham, que dans notre métier on n'a pas le droit de réfléchir, sinon on ne tenterait jamais rien.

— Alors, permettez-moi de vous accompagner?

— Ferns ne le tolèrerait pas.

— Au diable, Ferns! Ces hommes qui sont depuis longtemps dans le métier paraissent ne plus avoir de cœur!

Ruth s'étonnait de la véhémence de ce beau garçon paraissant réellement affolé. Son instinct lui soufflait que pour une autre, il ne se serait peut-être pas fait tellement de mauvais sang. Sa vanité de femme en était agréablement chatouillée.

— Si Ferns s'avouait un tendre, il faudrait d'urgence lui trouver un autre poste. Je vous remercie de l'intérêt que vous me portez, mais je crois qu'il ne nous appartient pas de discuter les ordres reçus.

Il ne répondit rien et baissa la tête. La situation devenait quelque peu gênante lorsque le baronet, assis sur sa chaise, applaudit chaleureusement. Ils le regardèrent, surpris. Sir Archibald se leva en déclarant :

— Bravo! Et encore bravo! Vous avez été parfaits, tous les deux! Un autre que moi aurait pu se laisser prendre à la voix altérée de Monsieur et au timbre ému de la vôtre, Ruth. Je ne crois pas que vous soyez, tous deux, ce que vous voulez paraître, mais je suis sûr que vous auriez été d'excellents comédiens! Bravo!

Visiblement perplexe, Terry Lowdham regardait alternativement Ruth et son mari, attendant l'explication qui, pour l'heure, lui échappait. Résignée, lady Lauder soupira :

— Mon mari se figure que nous lui donnons la comédie. Il refuse d'ajouter foi à l'existence des Services Secrets...

Le baronet protesta :

— Pardon, pardon, très chère! Je n'ignore pas du tout les Services Secrets, mais je ne pense pas qu'ils utilisent des gens comme vous, ni comme Mr. Lowdham. Vous êtes, l'un et l'autre, trop bien élevés pour vous mêler à ce monde-là! Seulement, vous avez réussi, Ruth, par le miracle de votre charme, à convaincre ces gentlemen de tenter de m'abuser. Je suis persuadé que c'est la pièce que vous m'avez jouée au Zentralfriedhof qui continue.

Les yeux ronds, Terry écoutait et semblait n'en pas croire ses oreilles. Tant d'aveuglement l'anéantissait. Satisfait de lui, Archibald retourna s'asseoir et alluma une cigarette pour savourer sa victoire. Lowdham ne savait plus que faire ni que dire. Ruth se porta à son secours.

— Qu'étiez-vous venu nous annoncer, Mr. Lowdham?

Terry avait beaucoup de mal à se remettre tant la scène à laquelle il venait d'assister semblait lui avoir mis l'esprit en déroute.

— Excusez-moi... La semaine prochaine, vendredi sans doute, je réunis mes amis pour fêter ma trente-cinquième année et j'aurais aimé vous avoir tous deux à ma table, au *Sacher*.

Le baronet assura Lowdham que si sa femme n'était pas en train de renverser le régime d'un état limitrophe ou occupée à liquider toute une famille d'espions moldo-valaques, ils seraient, lady Lauder et lui, très heureux de fêter le trente-cinquième anniversaire d'un gentleman éminemment sympathique.

En sortant de l'hôtel *Kaiserin Elisabeth,* Terry se demandait s'il n'avait pas rêvé cette visite et si vraiment ce baronet hurluberlu n'était pas le fruit de son imagination? En tout cas, s'il ne relevait pas de ses possibilités de débarrasser cette charmante Ruth de son insupportable époux, il lui incombait d'empêcher Ferns d'envoyer follement la jeune femme à la mort ou à la captivité. Peut-être sans s'en rendre compte, Terry Lowdham était-il déjà amoureux de Ruth?

Dans leur chambre, les Lauder se regardaient quelque peu en chiens de faïence. L'ex-Miss Truksmore, avec cette belle injustice de ceux qui reconnaissent s'être trompés, commençait à détester son mari. Parce qu'elle ne comprenait plus ce qui avait pu la séduire en lui, elle l'accusait de l'avoir abusée, oubliant qu'elle était l'artisan premier de son mariage malheureux. Elle s'interrogeait pour savoir si elle ne devrait pas téléphoner à Londres afin de renoncer à sa mission — dans l'impossibilité où elle se trouvait de se débarrasser d'Archibald — et, du même moment, donner sa démission. Au fond, elle devait s'avouer que le métier ne la passionnait plus tellement et si elle avait eu un autre compagnon, dans la vie, que le baronet, sans doute eût-elle renoncé de grand cœur aux aventures périlleuses pour mener l'existence paisible d'une bourgeoise londonienne.

— Très chère, je commence à me dire que je vous dois des excuses...

Elle s'attendait si peu à cette réflexion que Ruth réclama tout de suite des explications.

— Il n'est pas possible, que, brusquement, vous ayez réalisé tout ce que votre conduite a d'odieux depuis que nous sommes à Vienne?

— Si, Ruth, et je m'en veux de n'avoir pas compris plus tôt.

Il semblait sincère, et la jeune femme sentit une certaine émotion la gagner. Sa voix s'adoucit pour rassurer son mari.

— Archibald, je n'ai jamais douté de votre bonne foi...

— J'aurais dû deviner... Votre enfance, votre jeunesse difficiles... L'existence pénible que vous avez menée pour arriver à la situation que vous avez obtenue, tout cela vous poussait, vous obligeait presque à vous réfugier dans vos rêves de petite fille afin d'y trouver un univers plus aimable, plus tendre...

— Où voulez-vous en venir, Archibald?

— A ceci : sitôt la porte de votre appartement refermée, vous abandonniez le monde où vous luttiez, pour regagner celui de votre enfance où, telle Alice au Pays des Merveilles, vous triomphiez de tous les obstacles dressés sur votre route par les méchants. Peu à peu, sans en prendre clairement conscience, vous avez laissé l'imaginaire prendre le pas sur le réel et, de très bonne foi — ce que je ne voyais pas très bien jusqu'ici — vous avez cru vivre les aventures que vous inventiez.

— Autrement dit, je suis folle?

— Vous exagérez!

— Et Jim Ferns, Terry Lowdham, Malcolm Ryhope sont fous également. Lucan se figure être mort? Et le colonel Stockdale est un mythe?

— Je reconnais que sur ce point, il y a des détails qui m'échappent, mais je ne puis m'empêcher de penser à une énorme farce inventée par des fonctionnaires désœuvrés. Quant à Stockdale, je commence à admettre qu'il n'est peut-être bien qu'un mythe dont vous vous consoliez hier, une sorte de Robin des Bois ou d'Ivanohé.

Le sourire satisfait du baronet exaspérait sa femme au point qu'elle fut sur le moment de lui jeter son livre à la tête. Mais cela n'eût servi à rien. Obstiné dans des idées toutes faites, trop imprégné de la supériorité intellectuelle de la société qui était la sienne, sir Archibald s'affirmait fermé à toute possibilité de compréhension susceptible de l'entraîner à admettre qu'il ne savait pas tout.

Ruth n'ignorait pas qu'elle allait courir de très graves dangers car la liquidation du réseau hongrois disait assez que l'ennemi se tenait aux aguets. Jusqu'ici elle aurait souhaité que sir Archibald ne se mêlât point à une affaire où il n'avait pas sa place. Mais puisqu'il le prenait sur ce ton, il fallait que sa suffisance reçoive le châtiment mérité. Cette vérité qu'il niait, elle la lui mettrait sous les yeux et tant pis pour lui s'il écopait! Elle regarda son mari qui l'observait et lui sourit :

— Vous êtes un fin psychologue, Archibald...

— C'est aussi mon avis, ma chère.

*
* *

On se témoignait moins d'amabilité dans le bureau de Jim Ferns où en présence de Malcolm Ryhope et d'Annabel Wooler, Terry reprochait au consul d'envoyer Ruth Lauder à Graz.

— Un véritable crime, Jim! Voilà ce que vous vous apprêtez à commettre! Cette fille ne sait pratiquement rien de notre métier et, de plus, elle est encombrée d'un olibrius dont la seule présence multiplie les dangers par cent!

Ferns haussa les épaules.

— J'applique les ordres de Londres.

— Si cette constatation suffit à apaiser votre conscience...

— Si j'avais une conscience, Terry, j'exercerais un autre métier.

— Voyons, Jim, vous n'ignorez pas que nous avons affaire à des types impitoyables? Souvenez-vous de Lucan... Ou Krukel est le traître et, dans ce cas, Ruth Lauder est perdue, ou Krukel n'a pas trahi et vous le condamnez en lui envoyant quelqu'un que — grâce à son mari — on sait être notre agent!

— Je vous répète que je dois suivre les consignes de Londres et vous êtes assez vieux dans la profession, Jim, pour admettre que nous ne pouvons faire autre chose qu'obéir.

— C'est quand même écœurant!

Annabel intervint d'une voix pointue :

— Votre intérêt pour cette Ruth Lauder est pour le moins curieux, Terry!

— Oh! je vous en prie, Annabel, ce n'est vraiment pas le moment de jouer les jalouses!

— Il n'empêche qu'il est étrange de constater combien le sort de cette femme vous préoccupe!

Ryhope ricana :

— Il faut croire que notre don Juan est aussi ému par les brunes que par les blondes!

Lowdham marcha sur Ryhope.

— Continuez comme ça, Ryhope, et je vous administre la raclée que vous méritez depuis pas mal de temps!

Malcolm sortit son pistolet.

— Levez seulement la main sur moi, Lowdham, et je vous descends. J'en ai tellement envie... Vous ne pouvez savoir à quel point j'en ai envie...

Miss Wooler hurla :

— Vous devriez avoir honte, Malcolm!

— Et vous, Annabel?

— Moi! Oh! comment osez-vous?

Ferns dut intervenir pour éviter une mêlée générale et renvoya tout le monde en constatant, avec amertume, que les intérêts de la Grande-Bretagne méritaient d'être défendus par des gens qui pensaient à autre chose qu'à leurs petites histoires personnelles. Il conclut de façon sévère :

— Ryhope, vous auriez tort de croire que mon amitié vous rend intouchable! Si vraiment vous nous faites la vie trop difficile ici, je demanderai votre rappel. Quant à vous, Lowdham, je vous serais obligé de vous rappeler que vous êtes à Vienne pour exécuter mes ordres et non pour m'en donner. Lorsque j'aurai besoin de vos conseils, je vous ferai signe. Au surplus, puisque vous manifestez tellement de souci à propos de lady Lauder, vous irez demain à Graz et la surveillerez.

Furieuse, la secrétaire s'exclama :

— Et pourquoi ne pas envoyer Ryhope?

— Annabel, vous aussi, vous commencez à m'embêter. Mettez-vous bien dans la tête qu'en tant que représentant du Royaume-Uni, j'ai autre chose à penser qu'à vos amours incertaines!

— Incertaines!

— Cela suffit, Miss Wooler, si vous ne tenez pas à prendre l'avion de Londres! Vous pouvez disposer, messieurs.

Adoptant une tactique nouvelle visant à endormir la méfiance de son mari, Ruth avait accepté d'accompagner celui-ci à l'Opéra où l'on donnait *Othello.* Une très belle soirée qui rendait Archibald moins odieux aux yeux de son épouse. En quittant l'Opéra le baronet proposa de boire un verre au *Casanova.*

A peine le couple pénétrait-il dans l'établissement, qu'ils s'entendirent héler par Malcolm Ryhope, accroché au bar comme un navire à son ancre. Gênés, sir Archibald et sa femme se contentèrent de lui adresser un signe amical et gagnèrent très vite une table qu'un maître d'hôtel leur offrait dans un recoin discret à souhait. Ruth remarqua :

— Il doit nous prendre pour des amoureux...

— N'en sommes-nous pas, ma chère?

Elle préféra ne pas répondre. Le baronet commanda du champagne et lady Lauder songeait que si elle s'était trouvée à cette même place avec un homme qu'elle eût aimé, elle aurait été la plus heureuse des femmes. Elle rougit parce que l'image de Terry Lowdham lui traversa l'esprit juste à ce moment-là. Le baronet remarqua l'émoi de sa compagne et fort innocemment s'enquit :

— Quelque chose ne va pas, ma chère?

— Regardez qui nous arrive...

Malcolm, s'étant détaché du bar, naviguait en direction des Lauder. Il était indiscutablement ivre, mais se tenait fort bien. Tout au plus, par instant, l'équilibre lui manquait un peu, il donnait de la bande, mais se rattrapait toujours au dernier moment. S'il soulevait un intérêt amusé, il ne suscitait pas d'inquiétude. De toute évidence, un homme sachant boire. Archibald murmura :

— Je crains, ma chère, que nous ne puissions l'éviter...

Parvenu à leur table, Malcolm Ryhope s'immobilisa dans un garde à vous guindé avant de s'incliner.

— Mes hommages, lady Lauder... Bonsoir, sir Archibald.

— Asseyez-vous, Ryhope... Vous boirez bien une coupe de champagne?

— Si cela ne vous choque pas, je préfère rester au whisky...

Lorsque Ryhope eut avalé une gorgée du verre que le barman lui apporta lui-même pour bien témoigner que l'Anglais était un client particulier, Ruth dit doucement :

— Vous me paraissez... fatigué, Mr. Ryhope ?

Malcolm ricana :

— Je suis ivre, lady Lauder... Abominablement ivre. Notez qu'à l'ambassade on ne nous empêche pas de boire. Simplement, on nous interdit de le montrer. Je crois avoir une belle expérience sur ce sujet. Dans l'état où je suis, un type qui ne serait pas de la carrière ne parviendrait pas à se tenir debout. Tandis que moi, je suis capable de me tenir sur un pied, avec un verre plein sur la tête. Voulez-vous que je vous le démontre?

— Non! Non! Je vous en prie! Je vous crois sur parole...

Malcolm soupira :

— Dommage... mais, je vois bien que vous n'avez pas confiance, vous non plus. Personne n'a plus confiance en moi... depuis que ce salaud est arrivé!

— C'est de Terry Lowdham que vous parlez, n'est-ce pas?

Ce nom parut le dégriser. D'une voix plus ferme, il reprit :

— Oui, de ce don Juan des Services Secrets! L'homme au charme duquel personne ne résiste! L'homme qui séduit toutes les femmes du premier regard! Celui qui n'a qu'à se montrer pour vaincre!

Le baronet demanda doucement :

— Et ce n'est pas vrai?

Malcolm hésita, puis reconnut :

— Si, c'est vrai... Il m'a volé Annabel en quelques heures... Dès qu'elle l'a vu, elle a été comme fascinée... Il est juste de dire qu'à côté de moi... Pourtant, je suis certain qu'elle m'aimait... Nous étions convenus de nous marier le mois prochain et de demander notre retour à Londres. Nous rêvions tous deux de la petite maison de Putney que m'ont laissée mes parents... Annabel est seule au monde. Nous pouvions être heureux, avoir des enfants...

Il ricana :

— Vous savez, en dépit de mon visage, je n'ai que trente-sept ans...

Cette remarque destinée à convaincre les autres parut le plonger dans le plus profond des chagrins et il se mit à pleurer, sans bruit dans son whisky. Les Lauder étaient fort ennuyés. Ruth essaya d'une consolation banale et classique :

— Ce que Miss Wooler n'a pas su vous apporter, Ryhope, une autre peut-être...? Vous n'avez, vous venez de nous le dire, que trente-sept ans. Il n'y a pas que Miss Wooler sur cette terre!

Il gémit :

— Mais je l'aime! Comprenez-vous, lady Lauder? Je l'aime! Elle est la première fille à laquelle je me sois attaché, la première qui ait paru s'attacher à moi. Elle n'avait pas le droit d'agir comme elle l'a fait!

Sir Archibald tenta d'apaiser cette douleur qui l'étonnait.

— Mon cher, les femmes ne réagissent pas comme nous... Croyez-moi, pardonnez donc à cette jeune personne et mettez-vous en quête d'une autre âme-sœur.

Malcolm secoua la tête, obstiné.

— Non! Je ne leur pardonnerai pas! Et je leur ferai tout le mal que je pourrai à elle, la parjure, à Lowdham, le voleur, et à Ferns, leur complice! Plus rien ne compte pour moi désormais dans la vie que ma vengeance! Et je vous jure que je me vengerai!

Il y avait une telle haine dans la voix de cet homme qui n'échappait à l'emprise de l'alcool que pour parler de sa vengeance, que Ruth l'écoutant ne pouvait s'empêcher de se dire que Ryhope se trouvait exactement dans l'état d'esprit où un homme, oubliant son passé, est prêt à tout pour assouvir sa rancune, à tout, même à trahir. Fred Lucan avait-il été la victime innocente de cette hantise? Elle voulut savoir.

— Fred Lucan... Vous l'avez connu?

Il la fixa d'un œil clair et Ruth admira qu'il ait pu si vite se laver de son ivresse sous le seul effet de la colère.

— Si j'ai connu Lucan?

Il parut réfléchir puis, d'un ton qui, par sa douceur, tranchait avec sa véhémence précédente :

— Fred et moi étions ensemble à l'Université de Londres, il y a près de vingt ans... Chaque année, nous nous arrangions pour passer quelques jours ensemble. Il devait être mon garçon d'honneur... Mais Fred est mort et il n'y aura pas de mariage... Oui, je connaissais bien Fred Lucan. Nous avons passé sa dernière soirée ici. Le lendemain il partait pour Graz, on ne l'a plus revu... Pas d'illusion à nourrir... J'aurais dû l'accompagner.

— Pensez-vous que ce cordonnier...?

— Krukel? C'est le plus chic type qu'on puisse rencontrer! Les Russes ont massacré toute sa famille. Lui aussi est seul au monde. Pourquoi trahirait-il? Pour plaire aux assassins des siens? Pour un argent qu'il ne saurait même pas employer? Seulement, Ferns et Lowdham sont des types de la vieille école, esclaves du raisonnement logique. Du moment qu'on perd la trace de Lucan à partir de chez Krukel, c'est donc que Krukel l'a tué... Des imbéciles, je vous dis!

— Vous avez une autre idée, vous?

— Non... sauf que le cordonnier ne peut être coupable.

— Pourquoi?
— Parce que je le connais!
Le baronet assura :
— Vous connaissiez aussi Miss Wooler...
Ryhope demeura un instant interloqué, puis convint :
— C'est vrai. Garçon? Un whisky!
Ruth demanda :
— Vous ne pensez pas que vous avez assez bu?
— Et qu'est-ce que vous voulez que je fasse d'autre?
Les Lauder décidèrent spontanément de laisser Ryhope à son alcool et s'apprêtaient à quitter la place lorsque Terry Lowdham et Annabel Wooler entrèrent. Si ces derniers aperçurent le baronet et sa femme, ils ne remarquèrent pas leur collègue caché à leurs yeux par une colonne. Ils s'approchèrent de la table de sir Archibald, et ne virent Malcolm que lorsqu'ils ne purent plus reculer sous peine de grossièreté. Aussitôt, la gêne fut générale. Ruth pria Terry et Annabel de s'asseoir tandis que son mari commandait une autre bouteille de champagne.
Malcolm attaqua le premier en s'adressant à Miss Wooler :
— Alors, on est allé rêver à deux au clair de lune?
On feignit de ne pas entendre cette question imbécile et Lowdham, Ruth, Annabel et le baronet se perdirent en commentaires sur le spectacle de l'Opéra auquel Terry et Annabel avaient assisté la veille. Ryhope ne se laissa pas rebuter par l'indifférence apparente des autres. Son dernier verre de whisky semblait l'avoir replongé dans l'ivresse.

— Je vous prenais pour une fille intelligente, Annabel, et vous êtes, au fond, aussi stupide que celles qui s'abonnent au « Courrier du cœur »...

Terry répliqua :

— Ryhope, vous êtes ivre, c'est entendu... Nous occupons, vous et moi, des situations qui nous interdisent l'esclandre, mais si vous continuez à insulter Miss Wooler, je vous casse la figure, compris?

— Annabel s'est insultée elle-même en s'éprenant d'un type comme vous!

Lowdham se dressa à demi, prêt à frapper et sir Archibald le retint :

— Je vous en prie, Lowdham.

Terry retomba sur sa chaise en poussant un soupir, tandis qu'Annabel déclarait à Malcolm :

— A votre place, j'aurais honte!

— Et à la vôtre?

Ruth voulut apaiser la jeune fille.

— Laissez donc, Mr. Ryhope est fatigué, ce soir... Il ne faut pas y prêter attention.

Malcolm hoqueta :

— Elle... elle veut dire que... que je suis saoul. C'est une lady...

— Vous me dégoûtez, Malcolm!

— Je vous dégoûte depuis que l'autre est arrivé.

— Et alors?

— Lowdham doit avoir un compte en banque plus important que le mien.

En réponse, la gifle de Miss Wooler claqua sur la joue de Ryhope. Tout de suite, Annabel regretta son geste, mais il était trop tard. Elle demanda pardon aux Lauder et pria Lowdham de l'emmener. Ryhope les regardait tous les deux avec des yeux morts et il finit par annoncer :

— Je vous tuerai, Lowdham... Je ne sais ni quand ni comment, mais je vous tuerai.

— Allez donc cuver votre whisky au lieu de proférer des âneries!

Avant de quitter la table du baronet, Annabel tint à préciser :

— Ecoutez-moi bien, Malcolm, si vous êtes capable de comprendre... Au cas où vous continueriez de la sorte, je demanderais à Jim Ferns de vous expédier à Londres. Vous êtes la honte de l'ambassade! Quant à Terry Lowdham, sachez que lui et moi, nous nous aimons...

Horriblement ennuyé, Terry tira la jeune fille par le bras.

— Je vous en prie, Annabel, ces histoires-là n'intéressent que nous.

Elle se dégagea en précisant :

— Je veux mettre les choses au point une fois pour toutes! Malcolm, resteriez-vous le seul homme sur cette planète, je ne voudrais pas de vous, car je déteste les ivrognes et je n'apprécie guère les gens qui, pour satisfaire leur vice, dépensent plus qu'ils ne gagnent! Bonsoir!

Lowdham et sa compagne s'en furent en suscitant une certaine curiosité sur leur passage. Ruth et son mari observaient Malcolm Ryhope, se demandant la façon dont il allait réagir. Ce dernier demeura un long moment silencieux puis, brusquement, il se leva en se cramponnant au dossier de sa chaise et s'éloigna sans prendre congé de personne. La préposée au vestiaire dut lui courir après pour lui remettre son chapeau et son manteau.

*
* *

De retour au *Kaiserin Elisabeth,* Ruth semblait préoccupée. Sir Archibald, au contraire, paraissait parfaitement détendu. A sa femme, s'inquiétant d'une euphorie que rien ne justifiait et surtout pas l'affligeante scène à laquelle ils avaient dû assister malgré eux, il rétorqua :

— Je pense que maintenant, très chère, vous êtes convaincue : les messieurs avec lesquels vous jouez aux espions ne sont pas des gentlemen.

— Ne commencez pas, à votre tour, à déparler! Malcolm Ryhope m'inquiète...

— Vous êtes bien bonne de vous faire des soucis pour cet ivrogne!

— Il est malheureux.

— Ce n'est pas une raison pour se conduire de la manière dont il se conduit.

— Parce que vous, Archibald, aucun chagrin ne serait assez violent pour vous inciter à oublier que vous êtes un gentleman?

— Je le crois, ma chère.

— Dans ce cas, je vous plains!

— Vous plaisantez, je pense?

— Devinez!

Ils se couchèrent dans leurs lits jumeaux sans plus échanger un mot. Archibald éteignit la lumière et souhaita une bonne nuit à sa femme qui omit de lui répondre.

Au bout d'un moment cependant, dans l'obscurité, Ruth demanda :

— Ce Malcolm Ryhope, Archibald, qu'en pensez-vous?

— Il me dégoûte.

— Essayez d'oublier son ivrognerie?

— Il ne m'intéresse pas.

Encore un silence et Ruth reprit :

— Archibald... vous avez entendu Annabel Wooler reprocher à son ancien amoureux de dépenser plus qu'il ne gagne?

— Oui, et alors?

— Estimez-vous que cet argent qu'il ne gagne pas, Ryhope pourrait se le procurer... autrement?

— Je ne comprends pas?

— Son amertume peut-elle être assez forte pour qu'il veuille se venger sur le Royaume-Uni de ce que lui ont infligé Annabel et Terry? Autrement dit, jugez-vous possible de trahir son pays par déception amoureuse?

— Je le crois, Ruth, car si quelqu'un voulait vous prendre à moi, je serais capable de déclencher une guerre atomique!

— Vous plaisantez, n'est-ce pas?

— Bien sûr, ma chère. Bonne nuit.

— Bonne nuit.

CHAPITRE IV

Ruth avait mal dormi. Toute la nuit, elle ne s'était guère arrêtée de penser à la scène du *Casanova.* Elle éprouvait une sympathie spontanée pour ce malheureux Malcolm Ryhope. D'abord, parce qu'il était victime d'une histoire d'amour, ensuite parce qu'il lui semblait un garçon bien. Spontanément, elle prenait son parti contre cette perruche d'Annabel Wooler et contre le baronet, incapables tous deux de deviner ce qu'il pouvait y avoir de valable au-delà de cette apparence d'ivrogne invétéré. Où Ryhope prenait-il l'argent qu'il dépensait chaque soir dans les bars de Vienne? Par son attitude, ne devenait-il pas la proie toute désignée des acheteurs de conscience internationaux? Lui devait-on la fin du réseau hongrois? Pourtant, il avait parlé de Fred Lucan avec une émotion vraie... Comédie? Remords? Sincérité?

Lady Lauder se réveilla. Le jour, passant à travers de lourds rideaux de velours bleu-roi, éclairait le visage de sir Archibald. Assise sur son lit,

Ruth examinait le profil impeccable de son époux, sans le moindre émoi. Il était indiscutablement beau, le baronet, mais qui se serait douté que sous cette figure de mâle sûr de lui se cachait une chiffe incapable de la moindre idée originale? Cet aveuglement, cet entêtement à ne pas admettre les réalités le gênant, exaspéraient la jeune femme. Elle préférait les Ryhope et leurs faiblesses aux Archibald avec leurs grotesques certitudes. Malcolm souffrait, se salissait peut-être, mais s'affirmait un homme vivant, un homme que l'on détestait, combattait, sur lequel on pouvait, le cas échéant, s'apitoyer. Un homme qui, parfois, avait besoin qu'on lui tende la main. Le baronet, lui, n'éprouvait jamais l'envie de recourir à autrui. Il savait tout ce qu'il estimait qu'un gentleman devait savoir. Le reste n'offrait aucun intérêt : l'angoisse, la misère, le désespoir étaient des sentiments trop violents pour le très distingué sir Archibald. Un sourire passa sur les lèvres du dormeur comme une brise légère sur un étang aux eaux paisibles. Sans doute rêvait-il à une nouvelle cravate? Mais Ruth se montrait-elle, elle-même, tellement sincère? Ne s'apitoyait-elle pas sur Malcolm Ryhope par la seule raison qu'elle ne voulait pas s'avouer que l'image de Terry Lowdham lui occupait un peu trop l'esprit? Ne se portait-elle pas spontanément au côté de Malcolm, uniquement pour faire pièce à Annabel Wooler que Terry aimait? Un instant, elle imagina que Terry dormait là, à la place d'Archibald et elle sentit un doux émoi l'envahir. Cependant, Ruth Lauder ne cédait que rarement à ces faiblesses qu'elle méprisait tant chez les autres. Terry aimait Annabel, Annabel aimait Terry et, elle, elle se trouvait enchaînée encore pour quelque temps au baronet. Elle envisagea avec une joie mélancolique de rentrer seule dans son appartement de Margaretta Terrace. On bavarderait beaucoup, sans aucun doute, chez Woolwerton lorsqu'on apprendrait le divorce des Lauder, mais au moins on admettrait qu'une Ruth Truksmore ne se laisse pas acheter.

Dans la salle de bains, Ruth se lavait quand elle suspendit ses gestes. Elle venait de se souvenir que lorsque Annabel avait proclamé sa tendresse pour Terry, ce dernier était demeuré de glace. La jeune femme croyait même se rappeler que Miss Wooler exaspérait quelque peu son soupirant. Elle reprit sa toilette avec plus d'entrain.

Jouant les touristes, Ruth et Archibald prirent le train pour se rendre à Graz. Consciencieuse, lady Lauder affecta d'être l'Anglaise qui, en voyage, s'intéresse à tout en vue d'établir des comparaisons, des rapports et de consigner ses souvenirs dans de longues lettres à ses cousines de province. Le baronet enchanté, et qui n'y voyait pas malice, s'appliquait pour répondre de son mieux aux questions de sa femme. Il ne lui faisait grâce d'aucun château, ne lui épargnait aucun sommet. Graz était la capitale de la Styrie, ce lui fut une occasion nouvelle d'étaler son érudition, parlant des Babenberg, prédécesseurs des Habsbourg, et de cet archiduc Johann qui aima tant Anna Plochi, la fille du maître de poste d'Aussee. Il mit dix ans à la conquérir et put vivre trente ans, heureux, près d'elle.

— Vous n'auriez sûrement pas démontré une pareille opiniâtreté, Archibald.

— Vous savez, cette Anna était une fille du commun...

Ruth se retint de lui crier :

— Et moi, que suis-je d'autre?

Sans doute se montrait-elle injuste, mais son mari lui devenait de jour en jour plus étranger, voire odieux. Son insensibilité surtout la bouleversait.

A Graz, ils descendirent au *Daniel,* sur la place, devant la gare. Ils employèrent le reste de la journée à se promener. Sur l'Hauptplatz, au pied de la statue de l'amoureux d'Anna Plochi, ils prirent un fiacre qui les promena à travers les vieux quartiers de la rive gauche. Ils rentrèrent enchantés de connaître cette ville au charme ancien et reposant. Il était difficile de penser que Fred Lucan avait pu trouver la mort dans cette douceur aristocratique, et pourtant...

Le lendemain, dans le milieu de la matinée, Ruth résolut de rendre visite au cordonnier Krukel. Elle balança pour savoir si elle emmènerait ou non Archibald. Elle décida finalement par l'affirmative, persuadée que dans le cas contraire il la suivrait et risquerait de se livrer à des excentricités fâcheuses du genre de celle qu'il s'était permise au Zentralfriedhof et qui avait failli lui coûter la vie. Mis au courant, le baronet accepta, curieux — affirma-t-il — de voir jusqu'où on pousserait la plaisanterie.

Afin de calmer ses nerfs, Ruth se rendit à la Münzgraben Strasse, à pied, par l'Annen Strasse, le Hauptbrücke, l'Hauptplatz, l'Herren Gasse et la Jakominiplatz. Tout en marchant, du coin de l'œil, elle surveillait son mari, redoutant des initiatives inopportunes. Mais le baronet semblait aussi heureux qu'un enfant en promenade. Il respirait à pleins poumons l'air du matin et paraissait enchanté du spectacle. Il se pencha vers sa femme pour lui déclarer :

— Vous avez eu une excellente idée, ma chère, de choisir Graz pour but de promenade. C'est une petite ville absolument charmante. Il doit faire bon y vieillir.

Pour but de promenade...! Et il était sincère! Ruth se força à ne point répliquer ne tenant pas à se mettre en colère au moment où elle entamait la plus difficile mission de sa jeune carrière.

— Et vous, chère, aimeriez-vous rester ici?

Elle croisa les doigts, dans son dos, pour conjurer le sort, car si elle devait demeurer à Graz, c'est que les meurtriers de Lucan l'auraient, à son tour, expédiée au cimetière. Décidément, Archibald n'en ratait pas une!

Brusquement, le baronet sans bouger la tête, affectant même une immobilité du haut du corps susceptible d'attirer l'attention, chuchota :

— Je crois bien, ma chère, qu'on nous suit!

Ruth faillit se retourner mais se contint. Elle murmura :

— Je pense que vous devez vous tromper; en tout cas, ne vous raidissez pas de la sorte. On finira par nous remarquer!

La jeune femme se persuadait qu'il s'agissait d'une nouvelle facétie de son mari, trop heureux de se moquer de ce qu'il prenait follement pour des histoires extravagantes. Le couple passait devant le Rathaus, lorsque sir Archibald, quittant son épouse, se précipita sur un musicien ambulant, mal vêtu, portant une barbe très noire sur un visage légèrement crasseux. Avec sa boîte à violon à la main, il inspirait la pitié. D'abord surprise, Ruth ne réagit pas tout de suite, puis elle se jeta aux trousses de son époux, affolée à l'idée des bêtises qu'il allait encore commettre. Empoignant le musicien par l'épaule, Archibald l'obligeait à se retourner en criant :

— Raté, mon bon! Je vous ai reconnu!

Le bonhomme paraissait complètement désemparé par cette amicale agression et, tout ce qu'il parvenait à dire, c'était :

— Je vous en prie! C'est ridicule! Lâchez-moi, voyons! Lâchez-moi ou je vous colle mon poing sur la figure!

— Allons, allons, soyez beau joueur! Vous êtes battu! Reconnaissez-le?

Ruth surgit au côté du baronet.

— Archibald! Qu'est-ce qu'il vous prend?

— Ma chère, permettez-moi de vous présenter Mr. Terry Lowdham!

Lady Lauder, en dépit de sa colère, faillit éclater de rire devant la mine désappointée de Lowdham qui, sous son accoutrement, devenait grotesque. Il soupira :

— Mais dites-lui donc de me laisser tranquille! Il va donner l'éveil à tout le monde! Je suis ici, par ordre de Ferns, pour vous protéger!

Joyeux, le baronet s'esclaffa :

— Nous protéger? Et nous protéger de qui? De quoi? Seigneur!

Terry eut un regard désespéré à l'égard de Ruth qui s'apprêtait à entraîner son époux lorsqu'un agent de police survint pour s'enquérir de ce qui se passait. Le baronet expliqua qu'il s'agissait d'un ami s'étant vanté de se transformer de telle façon qu'on ne le reconnaîtrait pas et qui était fort dépité d'avoir été démasqué. L'agent se contenta de cette explication et conseilla, paternellement, à Terry de rentrer chez lui et de se changer maintenant que sa farce avait échoué. Lowdham s'éloigna sans un mot d'adieu. Il rongeait son frein.

— Vous ne direz pas, ma chère, que je manque de flair? Vous avez vu la tête de ce pauvre Lowdham!

Ils s'engageaient dans la Reitschul Gasse. Les dents serrées, Ruth gronda :

— Ce n'est pas de flair que vous manquez, Archibald, mais de jugeote. Vous vous rendez compte de ce que vous avez fait? A cause de vous, on est peut-être au courant de ma présence à Graz... Archibald, s'il m'arrive quelque chose, vous pourrez vous vanter d'en être responsable!

— Vous essayez de m'inquiéter?

— Je ne pense pas que vous puissiez jamais être inquiet, Archibald, car l'inquiétude suppose un minimum d'intelligence!

Sur la Dietrichstein Platz où s'ouvre la Münzgraben Strasse, lady Lauder, désignant un café, déclara :

— Archibald, vous allez vous montrer raisonnable et attendre dans ce café que j'en aie terminé avec Krukel.

— Vous ne voulez pas que je vous accompagne?

— Surtout pas!

— Bon... Et combien de temps dois-je attendre?

— Disons que si je ne suis pas de retour d'ici un quart d'heure, vous venez voir ce qui m'arrive?

Il sourit d'un air malin.

— Et que pensez-vous qu'il puisse vous arriver, ma chère?

Excédée, elle haussa les épaules.

— A tout à l'heure...

Elle se hâta de filer avant que le baronet n'ait eu le temps de poser d'autres questions stupides. Résigné, apparemment, sir Archibald regarda sa femme s'éloigner et gagna le café où il commanda, fort populairement, un verre de vin blanc.

Ruth n'eut aucune peine à repérer la boutique du cordonnier Hans Krukel, vers le milieu de la rue, mais éprouva la désagréable surprise de trouver la porte fermée. Une voisine interrogée affirma ne pas comprendre car ce matin elle avait vu le père Krukel ouvrir son échoppe. Sans doute était-il allé faire une course? Ruth remercia, mais peu convaincue, elle se glissa sous le porche jouxtant la boutique et y dénicha une porte basse qu'elle poussa sans grande conviction. Elle n'était pas fermée et Ruth comprit qu'il lui fallait se méfier. Doucement, avec infiniment de précautions, elle se glissa à l'intérieur. D'abord, elle ne vit rien, puis peu à peu, ses yeux s'accoutumèrent à la pénombre épaisse. Elle se trouvait dans une sorte de boyau donnant d'un côté sur l'échoppe comme elle s'en rendit compte en écartant un rideau sentant le moisi et la poussière. Krukel n'était pas à sa place, sur le tabouret devant la petite table supportant ses outils. A l'autre extrémité du couloir, un autre rideau. Ruth le tira le plus doucement possible. Elle buta légèrement contre une marche. Figée, anxieuse, elle attendit que se manifestât une présence quelconque, mais le silence demeurait toujours aussi épais. Elle avança d'un pas et, brutalement, la lumière inonda la pièce tandis qu'une main se posait sur la bouche de la jeune femme pour étouffer son cri en même temps qu'on la tirait en arrière. Tout de suite, une voix chuchota à son oreille :

— Un simple gémissement et vous êtes morte!

Lady Lauder sentit la pointe d'un couteau lui piquer la gorge pour matérialiser cette promesse. Mais la jeune femme n'avait nulle envie de crier. Elle ne pouvait détacher son regard du cadavre d'un vieil homme étendu sur le sol, la gorge ouverte. Ruth savait qu'il s'agissait de Krukel, que sa mort lavait des soupçons de Ferns à propos de la disparition de Lucan. Pour la première fois, elle regretta l'absence d'Archibald.

— J'ai l'impression que vous vous montrerez raisonnable...

On la lâcha. Elle respira largement, mais faillit vomir en s'apercevant que le sang du cordonnier arrivait jusqu'à sa chaussure.

— Pas joli comme spectacle, hein? Mais personne ne vous obligeait à venir le contempler.

La femme du baronet se retourna pour se trouver en présence d'un assez beau garçon aux pommettes légèrement saillantes qui s'inclina légèrement :

— Lady Lauder, je suppose?

— Comment savez-vous...?

— On a dû vous apprendre au MI. 5 que ce sont là des questions qu'on ne pose jamais. Ainsi vous vouliez contacter ce cher Krukel. Vous avez eu l'adresse par Ferns?

— A mon tour de vous répondre qu'il y a des questions qu'on ne pose pas.

— Erreur... On ne peut poser des questions qu'autant qu'on est assuré d'obtenir une réponse et... Je suis certain de vous rendre très, très bavarde, lady Lauder... Si vous m'y obligez. Asseyez-vous sur cette chaise.

Elle obéit et il lui attacha les mains derrière le dossier de son siège, puis lui ficela les chevilles.

— Maintenant, je suis persuadé que nous allons parfaitement nous entendre, car j'imagine que vous tenez, sinon à la vie, du moins à votre visage?

Elle ne répliqua pas de crainte que le tremblement de sa voix ne trahit sa panique. Pourquoi, mais pourquoi n'avait-elle pas laissé Archibald l'accompagner? Sans se soucier du cadavre que Ruth ne pouvait regarder sans éprouver un haut-le-cœur, l'homme se planta devant elle, l'air amusé.

— Je me demande bien pourquoi une personne de votre condition s'est mêlée à notre troupe où le truand fait florès? Le goût des sensations? On tient à connaître le petit frisson? Vous serez servie, chère madame, comptez sur moi. Laissez-moi vous regarder d'abord. Naturellement, vous n'ignorez pas que vous êtes très jolie. J'aime beaucoup les jolis visages... Du moins, tant qu'ils ne saignent pas... Le sang m'enlève mon sang-froid... Vous comprenez ce que je veux dire? Dès qu'il y a du sang, je cogne... Une sorte de vertige qui me saisit...

Il soupira.

— J'espère que vous ne me pousserez pas à

ces extrémités... Ce serait tellement dommage... Si je commence à vous frapper, priez Dieu pour que le sang ne coule pas tout de suite.

Ruth vit les mains de son adversaire trembler tandis qu'il affirmait d'une voix saccadée :

— C'est beau le sang... Toute cette beauté qui est en nous, il faut qu'on puisse la voir, il faut l'obliger à sortir! Regardez ce misérable Krukel qui n'était qu'un vieil homme plutôt répugnant, regardez sa noblesse maintenant qu'il est couché dans son grand manteau rouge!

Lady Lauder ne put réprimer un sanglot d'effroi. L'homme sourit.

— N'ayez pas peur... Vous êtes assez belle pour n'avoir pas besoin de la beauté du sang... Alors, si vous êtes sage, si vous répondez bien à toutes mes questions, je ne lèverai pas la main sur vous... Pourquoi êtes-vous venue à Graz?

— Parce que j'étais une amie de Fred Lucan.

— Ah! oui...? Fred Lucan... Un bien honnête garçon, mais entêté! Il n'a pas voulu parler, pourtant nous ne lui avons pas ménagé les encouragements... Il est mort en piteux état...

Devant son verre de vin blanc, depuis longtemps vidé, sir Archibald s'ennuyait. Ruth était partie depuis huit minutes seulement et il lui semblait qu'il y avait une éternité. Au risque d'encourir ses reproches, il décida de la rejoindre ou du moins de rôder autour de la boutique de ce cordonnier jouant les espions. Comme sa femme, il fut surpris de constater la fermeture de l'échoppe. Si Krukel ne se trouvait pas là pourquoi Ruth n'était-elle pas revenue? Le baronet flaira quelque chose d'insolite. A son tour, il s'enfonça sous le porche, poussa la petite porte basse et entra dans le corridor obscur. Presque aussitôt des éclats de voix attirèrent son attention sur sa droite. Il avança légèrement, écarta à peine le rideau et vit son épouse attachée sur une chaise, le cadavre d'un vieil homme par terre et un type qui giflait lady Lauder. Un pareil spectacle indigna sir Archibald qui fit irruption dans le drame en criant :

— Non, mais de quel droit portez-vous la main sur lady Lauder?

L'assassin de Krukel se retourna d'un bond, mais à la vue du visiteur, son visage s'éclaira :

— Tiens, voilà l'idiot! Il ne manquait plus que vous à la fête, sir Archibald!

Le baronet se redressa de toute sa hauteur et, toisant le grossier personnage à travers son monocle, déclara superbement :

— Il ne me semble pas que nous ayons été présentés?

Ruth qui avait accueilli l'arrivée de son mari avec un immense soulagement, comprit qu'Archibald risquait de payer cher son incrédulité quant aux agents secrets. Elle en éprouva une sorte de joie sauvage. Lorsque des Lucan mouraient sous les tortures, pourquoi des Archibald continueraient-ils à vivre?

Légèrement démonté par la réplique du baronet, l'assassin, qui paraissait s'amuser avec sir Archibald comme un gosse cruel avec une bête inoffensive, gloussa :

— Qu'à cela ne tienne! Nous lierons connaissance avant que je vous envoie rejoindre celui-là par terre... Et peut-être, qui sait? avez-vous un beau sang rouge, vous aussi, hein?

Le baronet se pencha légèrement et, s'adressant à sa femme :

— Vous avez vraiment de bien curieuses fréquentations, ma chère... C'est cet individu qui a tué ce malheureux?

— Oui.

— Oh! mais c'est très mal!

Lady Lauder se demandait combien de temps encore cette scène ridicule durerait. Ou Archibald se révélait d'une stupidité dépassant l'imagination ou il ne se rendait pas compte du sort qu'on lui réservait.

— Et d'abord, monsieur, qui vous a permis d'attacher ma femme sur cette chaise? Il me semble même vous avoir vu la gifler lorsque j'entrais? C'est inouï! Mais enfin, où avez-vous été élevé, mon garçon?

Exaspérée, Ruth hurla :

— Assez! Assez! Taisez-vous, par pitié, Archibald! Vous me faites honte!

Le tueur tapota l'épaule du baronet.

— Vous entendez, Archibald? Vous lui faites honte à votre jolie petite femme?

— Cela suffit, monsieur! Votre familiarité m'est insupportable!

— Sans blague? Voilà pour vous calmer...

Ce disant, il appuya de tout son poids sur la pointe de la chaussure de sir Archibald qui se mit à beugler :

— Ouille! Vous m'écrasez le pied, sauvage!

Ruth pleurait à chaudes larmes. Jamais de toute son existence, elle ne s'était sentie aussi humiliée. Penser qu'elle portait le nom de ce pantin! Elle avait moins peur de mourir en pensant que la mort la débarrasserait d'Archibald.

Le meurtrier qui riait à gorge déployée, retira son pied de celui du baronet qui se mit à sautiller en gémissant, exécuta un tour complet sur lui-même, faillit tomber, se raccrocha au manche d'une hachette plantée dans un billot, évita la chute en accélérant son mouvement de rotation et se retrouva en face de son tourmenteur qui se tenait les côtes, mais cette fois armé de la hachette dont il le frappa de toutes ses forces, lui ouvrant si proprement le crâne que le type mourut avant de s'arrêter de rire. Au tumulte succéda un court silence. Effarée, Ruth considérait la scène et Archibald s'excusait :

— Je crois que j'ai tapé un peu fort, mais avouez qu'il l'a bien cherché?

Sa femme ne répondit pas, incapable d'articuler un son devant ce subit retournement de situation.

— Ma chère, il est temps que vous repreniez une attitude plus décente.

D'un coup de couteau, il trancha les liens retenant lady Lauder sur sa chaise.

— Ça ira?

— Je crois, oui, Archibald...

— Ma chère?

— Vous... Vous avez été formidable!

— Formidable?

— En tuant cette crapule, et vous avez vengé Lucan!

— Ah?... Vous savez, Ruth, pour être très franc, je ne l'ai pas fait exprès.

— Je m'en doute, hélas!

— C'est un coup classique au cricket, mais avec une batte...

— Vraiment?

— Vraiment.

Avant de sortir, Ruth montra les deux cadavres.

— Et maintenant, Archibald, vous y croyez aux histoires d'agents secrets?

— Je vous dois des excuses, ma chère, mais convenez que votre place n'est vraiment pas parmi ces gens-là? Ce spectacle est parfaitement écœurant! Et je ne comprends pas comment la police de Graz ne protège pas mieux les touristes!

Elle le regarda longuement.

— Archibald, je ne pensais pas qu'il puisse encore exister des hommes de votre espèce!

— Est-ce un blâme, très chère?

— Peut-on reprocher au brontosaure de ne pas ressembler à la gazelle?

Le baronet resta un instant perplexe.

— Non... Evidemment, mais établiriez-vous un rapport entre le brontosaure et moi?

— Venez!... J'ai hâte de rentrer à Vienne!

Dehors, Ruth refusa de prendre un taxi. Elle éprouvait le besoin de marcher pour se calmer. Quant à son mari, il ne semblait pas plus se soucier d'avoir tué un homme que s'il avait pelé une orange. Ils reprirent, en sens inverse, le chemin parcouru plus tôt. Au moment de s'engager sur le Hauptbrücke que surveillent les deux statues symbolisant l'Autriche et la Styrie, Archibald quitta une seconde sa femme pour s'élancer aux trousses d'un homme qui disparut avant que le baronet ne l'ait rejoint. Lorsqu'il revint dépité auprès de sa compagne, celle-ci s'enquit :

— Qu'est-ce qui vous a pris encore, Archibald?

— Quelqu'un qui a filé avant que je n'aie pu le rattraper.

— Pourquoi se serait-il sauvé?

— Peut-être parce que je l'ai reconnu...

— Qui est-ce?

— Aucune importance pour l'instant.

Au *Daniel,* les Lauder convinrent qu'ils avaient besoin de repos et qu'ils ne reprendraient le train pour Vienne que le lendemain matin. Ruth, désirant s'étendre un moment, Archibald la laissa seule et s'en fut. A la réception, il se renseigna sur l'adresse de la Kriminalpolizeï et prit un taxi pour s'y rendre. Interrogeant ici, demandant son chemin là, il ne perdit que peu de temps dans les couloirs et les escaliers pour finalement se trouver en présence d'un agent-planton qui le pria de lui révéler ce qu'il cherchait.

— Le fonctionnaire qui s'occupe des meurtres?

— Pardon?

— Des meurtres!

Et, glissant son monocle dans l'orbite, il ajouta :

— Vous ne semblez pas comprendre, mon ami?

— Monsieur, vous parlez l'allemand avec un accent...

— Ça vous ennuie?

— Non, mais j'aimerais savoir qui vous êtes?

— Sir Archibald Lauder, baronet.

— Anglais?

— Depuis trente-cinq ans.

— Et... Vous tenez à parler de meurtre?

— Oui, mais pas avec vous.

— Bon, attendez-moi là.

Le policier disparut et revint au bout de deux minutes.

— Si vous voulez bien me suivre?

Il introduisit le baronet dans un bureau confortable où un homme à lorgnon se leva à son entrée.

— Sir Archibald Lauder?

— Lui-même.

— Naturellement vous avez des papiers?

— Naturellement.

Il tendit au fonctionnaire son passeport. L'autre le lui rendit après y avoir jeté un coup d'œil.

— Je vous remercie, sir. Veuillez vous asseoir, je vous prie.

Quand le baronet fut installé, le policier se présenta :

— Julius Lankeim, commissaire à la Police Criminelle. Que puis-je pour vous?

— Je viens faire une déposition, monsieur le commissaire.

— A quel sujet?

— Au sujet d'un meurtre.

— Vous n'êtes pas la victime, j'imagine?

— Non, c'est moi qui l'ai commis.

— Quoi?

— En état de légitime défense, bien sûr.

Visiblement, le policier se demandait s'il avait ou non affaire à un fou.

— Voyons, ne nous énervons pas...

— Mais je ne m'énerve pas, monsieur le commissaire.

— Et si vous me racontiez posément, tranquillement votre histoire?

— Je me permets de souligner que je suis ici pour cela.

— Je vous écoute?

— Eh bien! monsieur le commissaire, lady Lauder et moi nous promenions du côté de la Dietrichstein Platz où je m'arrêtai dans un café pendant que ma femme se rendait chez un cordonnier de la Münzgraben Strasse, un nommé Krukel.

— Vous le connaissiez?

— Non, mais le nom est sur la porte.

— Puis-je vous demander pourquoi lady Lauder se rendait chez ce cordonnier?

— Pour une histoire de chaussures, j'imagine? En bref, elle m'enjoignit de l'attendre une dizaine de minutes. Au bout de ce laps de temps, ne la voyant pas revenir, je fus à sa rencontre et jugez de ma surprise, monsieur le commissaire, lorsque je m'aperçus que la porte du cordonnier était fermée.

— Fermée?

— On avait ôté le bec-de-cane. Si le cordonnier n'était pas là, où donc se cachait lady Lauder? Je m'engageai sous un porche, avisai une porte donnant chez l'artisan, la poussai, me trouvai dans un corridor obscur donnant sur une pièce fermée par un rideau que je soulevai avec mille précautions et qu'est-ce que je vis?

— Lady Lauder?

— Parfaitement, lady Lauder, mais assise sur une chaise et abominablement ficelée!

— Ficelée?

— Ficelée, monsieur le commissaire! Une Lauder apparentée aux Dunkham d'Argyl et aux Malready du Devon! Un sans-gêne incroyable!

— Et le cordonnier?

— Il était là, lui aussi.

— Et qu'est-ce qu'il vous a dit?

— Pas un mot.

— Curieux, non?

— Pas tellement, si l'on considère qu'il avait la gorge ouverte d'une oreille à l'autre.

Le commissaire ne répliqua pas tout de suite. Quand il s'y décida, ce fut d'une voix sévère.

— Bien entendu, sir Archibald Lauder, vous ne vous permettriez pas de vous moquer d'un fonctionnaire de la République autrichienne?

Le baronet toisa son interlocuteur à travers son monocle et, très sec :

— J'ai été éduqué au Jésus Collège, d'Oxford, monsieur!

— Excusez-moi...

— Je vous en prie.

— Résumons la situation : vous entrez dans cette pièce où votre femme est attachée sur une chaise et son hôte étalé sur le sol, égorgé.

— Exactement.

— Dans ces conditions, ou le cordonnier a ligoté lady Lauder et s'est suicidé ou bien, c'est lady Lauder...

— ... Qui a tué le cordonnier et qui s'est ficelée elle-même sur une chaise en attendant une hypothétique visite? Outre, monsieur le commissaire, qu'un pareil tour de force dépasserait, sans aucun doute, les possibilités de lady Lauder, je dois vous avouer qu'elle n'a point pour habitude d'égorger les gens qu'elle ne connaît pas... J'ignore quelles sont les distractions des dames de Graz, mais je puis vous assurer qu'à Londres...

— Voulez-vous me redonner l'adresse de ce cordonnier?

— Dans la Münzgraben Strasse, à droite quand on vient de la Dietrichstein Platz.

— Merci.

Le commissaire empoigna son téléphone et donna des ordres pour envoyer immédiatement une équipe à l'adresse indiquée, puis il revint au baronet.

— Mais j'y pense, sir Archibald Lauder, ne m'avez-vous pas dit en entrant dans ce bureau que vous aviez commis un meurtre? C'est donc vous qui avez tué le cordonnier?

— Non.

— Non? Mais, dans ce cas, qui avez-vous tué?

— Le meurtrier du cordonnier et l'agresseur de ma femme.

— Parce qu'il était là, également?

— Evidemment.

— Et vous n'en parliez pas?

— Vous ne m'en avez pas laissé le temps.

— Vous pouvez me décrire cet homme?

— Un grand, avec de larges épaules, la figure légèrement mongoloïde.

— Vous l'avez laissé sur place?

— Vous ne pensez tout de même pas que je l'ai emporté?

— De quelle façon vous y êtes-vous pris pour l'abattre?

— Avec une hachette. Je crois, Dieu me pardonne, que je lui ai fendu le crâne... Je reconnais que c'est là un geste peu digne d'un gentleman, mais nécessité fait loi.

— Vous l'avez frappé par derrière?

— Monsieur le commissaire! Vous m'insultez de sang-froid?

— Je vous demande pardon... Vous l'avez tué

parce que vous saviez qu'il était l'agresseur de votre femme?

— Pas exactement, mais il s'est conduit à mon égard d'une façon réellement inconcevable! Imaginez, monsieur le commissaire, qu'il s'est mis à me parler sur un ton! Un garçon que je voyais pour la première fois! Une familiarité crapuleuse...! Des menaces absolument insupportables, surtout qu'il les appuyait, si je puis m'exprimer de la sorte avec un couteau muni d'une lame respectable par le truchement duquel il menaçait de me faire passer de vie à trépas... Puis il m'a cruellement marché sur le pied. Alors là, je l'avoue, j'ai perdu mon sang-froid et je lui ai joué le coup du batteur.

— Le coup du batteur?

— Peut-être ignorez-vous le cricket, monsieur le commissaire?

— Hélas!...

— Dans ce cas, rien ne vaut une démonstration.

Priant le commissaire de tenir le rôle de la victime, le baronet lui montra de quelle façon il s'était débarrassé de son adversaire.

— Et comment expliquez-vous, sir Archibald, que cet homme se soit laissé berner de si enfantine façon?

— Parce qu'il m'a pris pour un imbécile.

— Lui aussi...

— Pardon?

La sonnerie du téléphone évita au commissaire de trouver une réponse difficile. Quand il raccrocha, il déclara :

— Il semble, en effet, que tout se soit passé ainsi que vous me l'avez raconté.

— Vous en doutiez, monsieur?
— Mon métier exige la méfiance.
— Pas quand on a affaire à des gens comme moi!
— Puis-je vous demander des nouvelles de lady Lauder?
— Elle se repose au *Daniel.*
— Vous comptez rester longtemps à Graz?
— Nous repartons demain matin à Vienne où nous sommes descendus au *Kaiserin Elisabeth.*
— Il se pourrait que j'aie besoin de votre témoignage.
— Je resterai à votre disposition.
— Et soyez assez aimable pour ne pas quitter l'Autriche sans m'en avertir.
— Je n'y manquerai pas.

Si l'inspecteur Heinlich ne lui avait téléphoné de la Münzgraben Strasse pour lui apprendre qu'il avait effectivement trouvé deux cadavres et des liens coupés sur une chaise, le commissaire aurait cru avoir rêvé.

CHAPITRE V

Le baronet pénétra dans sa chambre du *Daniel* juste comme Ruth venait de se lever, fraîche et reposée. La conviction d'avoir échappé à une mort affreuse, l'emplissait d'une sorte de gaieté animale et, malgré elle, elle éprouvait une certaine reconnaissance envers son mari même si — comme il le lui avait avoué — il ne s'était pas du tout battu à cause d'elle. Son euphorie la porta à se montrer plus aimable qu'elle ne l'avait été jusqu'ici envers son époux, depuis le jour de leur mariage.

— Une bonne promenade, Archibald?

Sans attendre la réponse, elle s'installa devant sa coiffeuse et se mit à peigner ses cheveux.

— Ce n'est pas exactement le mot qui convient, ma chère. Une démarche n'est jamais distrayante d'autant plus que les locaux administratifs, sous toutes les latitudes, sont plutôt rébarbatifs. Aussi, croyez-moi, je n'ai pas passé des moments tellement agréables. Bizarre qu'il soit si difficile de se faire comprendre par les fonctionnaires de tous les pays, surtout quand ils appartiennent à la police.

Devant le miroir où elle s'examinait, Ruth suspendit son geste.

— La police?

— Un commissaire de la Police Criminelle à qui je suis allé rapporter notre petite aventure.

— Quoi?

Elle se retourna d'un élan.

— Qu'est-ce qu'il vous arrive?

— Vous voulez dire que vous vous êtes rendu à la Police Criminelle pour leur apprendre...

— ... Que j'avais tué un homme qui venait d'en tuer un autre. Vous savez, ma chère, ce sont là des prouesses qu'il est préférable de ne pas effectuer dans l'anonymat.

Lady Lauder, se tenant les cheveux à pleines mains, marchait à grands pas à travers la pièce. Elle se retenait de toutes ses forces pour ne pas hurler devant la montagne de stupidité, de bêtise, d'ignorance que représentait le baronet. A bout de nerfs, elle se précipita dans la salle de bains pour y boire un grand verre d'eau.

Archibald la regardait agir, incompréhensif.

— Vous ne semblez pas dans votre état normal, ma chère?

Elle se campa devant lui.

— Le moyen de rester dans un état normal quand on est affligé d'un mari comme vous?

Il rattrapa au vol le monocle que la surprise de l'algarade inattendue lui faisait lâcher. Il le remit en place avant de répondre, avec hauteur :

— Il me semble que vous vous oubliez, ma chère?

Du coup, lady Lauder céda la place à Ruth

Truksmore, celle qui, à dix-huit ans, se défendait dans les quartiers populeux de Londres pour ne pas crever de faim.

— Mais espèce de présomptueux crétin, est-ce que vous vous rendez seulement compte de la gaffe que vous avez commise?

— Je ne vous permets pas...

— Toute l'activité des Services Secrets se veut, naturellement, secrète. Mais cela dépasse vos facultés intellectuelles! Nos luttes se déroulent dans l'ombre et nos morts n'ont pas droit à des enterrements avec fleurs, couronnes et discours! Ferns et ses lieutenants ne peuvent exercer leur activité que parce que nul ne s'en doute! Et vous, qu'est-ce que vous faites? Vous vous précipitez à la police pour la mettre au courant, pour donner de la publicité à ce que le public doit ignorer! Enfin, quoi? Etes-vous fou?

Eperdu devant cette colère dont il ne saisissait pas le bien-fondé, sir Archibald protesta :

— Vos histoires obscures ne m'intéressent pas! Je méprise ce genre d'activité, mais je ne supporterai pas qu'on attache ma femme sur une chaise pour lui infliger des traitements immoraux! Et je ne tolérerai pas davantage que des voyous se conduisent, à mon égard, de façon prodigieusement incorrecte! Dès notre retour à Vienne, je déposerai une plainte auprès de l'ambassadeur pour qu'il attire l'attention des pouvoirs publics sur la manière dont un baronet et sa femme légitime ont été accueillis à Graz, ville renommée pour sa tranquillité et la courtoisie de ses habitants. Il y a des choses que nous n'avons pas le droit de supporter! Nous manquer de respect, c'est en manquer à la Couronne britannique, ma chère!

— Taisez-vous, Archibald! Taisez-vous ou je ne réponds plus de moi!

Le baronet se tut, s'installa dans un fauteuil et alluma une cigarette, se disant vraisemblablement que les femmes sont des êtres bien extraordinaires sur lesquels on ne lui avait sans doute pas donné, à Oxford, les lumières nécessaires pour les comprendre. Lady Lauder assise sur son lit tremblait de fureur et d'indignation. Elle déchirait son mouchoir avec une minutie où passait la rage dont elle débordait. Il était à prévoir que la police autrichienne réclamerait des explications précises. Que diraient Ferns et, au-dessus de Ferns, les gens de Londres? Le colonel Stockdale se repentirait d'avoir eu confiance en elle. On la chasserait du MI. 5... Ce n'est pas que cette éventualité la chagrinât tellement. Après le spectacle de ces hommes répandant leur sang par des plaies béantes, elle n'avait plus qu'une hâte : retrouver son coquet et paisible appartement de Margaretta Terrace. Mais ce qui l'horripilait, l'humiliait, c'était l'impassible suffisance du baronet se figurant tout comprendre et qui ne comprenait rien à rien.

— Archibald?

— Très chère?

— Avez-vous réfléchi qu'après votre démarche et la publicité qui lui sera donnée, les amis de l'homme que vous avez tué, sauront qui nous sommes? Archibald, je vais peut-être mourir à cause de vous.

— Vous exagérez! Et puis ce n'est pas vous, mais moi qui ai éliminé leur agent.

— Je ne ne pense pas qu'ils vous soupçonnent d'appartenir au MI. 5.

— Il est évident que dans ce milieu on ne rencontre guère de gens de ma sorte.

— Heureusement! Sans cela il y a longtemps qu'il n'y aurait plus de MI. 5!

— Croyez-vous que ce serait un mal? En tout cas, tant que je serai là, vous ne craindrez rien.

— C'est vous qui le dites!

— Je mourrais pour vous, s'il le fallait, Ruth!

Et, emporté par un subit élan de tendresse, le baronet se précipita sur sa femme qu'il prit dans ses bras. Outrée, lady Lauder se dégagea, glapissant :

— Qu'est-ce qu'il vous arrive? Vous êtes fou! Lâchez-moi! Un peu de tenue, Archibald!

Ce rappel aux convenances parut paralyser aussitôt le baronet qui rajusta son monocle.

— Excusez-moi, ma chère... mais vous êtes ma femme!

— Jusqu'à notre retour à Londres. Alors, conduisez-vous au moins en gentleman puisque vous ne pouvez guère être autre chose qu'un gentleman!

Face à Ferns et en présence de Terry, Ruth encaissait le plus joli savon de sa carrière. Le consul, hors de lui, tempêtait :

— Inouï! Inimaginable! De mémoire d'agent secret, je suis sûr qu'on n'a jamais vu une chose pareille! Non seulement, vous arrivez à Vienne avec un pantin de la « high-society » mais encore au lieu de l'obliger à rester tranquille, vous l'emmenez partout avec vous, vous lui confiez nos histoires! Avez-vous perdu la tête, oui ou non? Et dire qu'à Londres on m'assure que Stockdale vous tient en estime! Il doit y avoir quelque chose qui m'échappe!

— Mais, Mr. Ferns, ce n'est pas de ma faute! A Londres on n'ignorait pas que le baronet m'accompagnait!

— On ne savait sûrement pas qu'il prendrait les initiatives que vous lui avez laissé prendre!

Terry voulut se porter au secours de la jeune femme.

— Sir Archibald est très difficile à manier. Il est tellement convaincu que le monde lui est soumis, que ce qui ne l'intéresse pas ne peut intéresser personne, que tout ce qui n'est pas entrepris par des gens de qualité ne saurait être mené à bonne fin.

Le consul le foudroya du regard.

— Bientôt fini, oui? Vous ne m'apporterez aucun détail nouveau sur le caractère de ce baronet qui aurait bien dû mourir en venant au monde! Enfin, vous, lady Lauder, comment avez-vous pu trouver le moindre intérêt à cet homme?

Ruth baissa le nez.

— Je manquais d'expérience. Je me suis trompée. Nous sommes à peu près convenus de divorcer dès que nous serons rentrés à Londres.

— Eh bien! ce sera la seule bonne nouvelle de la journée! Quand je pense qu'après avoir tué Stefan Drozek, il a fallu que ce crétin aille conter son exploit au commissaire Lanheim de la Kriminalpolizeï! Encore heureux que Son Excellence ait deviné ce dont il s'agissait et qu'il ait immédiatement alerté le Ministre de l'Intérieur autrichien pour étouffer l'affaire... Nous avons de la chance que ce Drozek soit un repris de justice dans son pays, entré en Autriche clandestinement. Je crois que la police acceptera de conclure à un crime crapuleux... Drozek aura tué Krukel pour le voler. Vous arrivez sur ces entrefaites, il prétend s'amuser avec vous lorsque votre mari survient... C'est simple... Enfin, du moins pour ceux qui ne sont pas décidés à chercher la petite bête.

La jeune femme se montrait navrée.

— J'aurais tant voulu réussir... Mais j'ai compris aujourd'hui que je ne suis pas née pour ce métier. Je regrette de m'en aller sur un échec.

Terry tenta de la consoler :

— J'ai toujours estimé que votre place n'était pas parmi nous. Lorsque j'ai appris votre départ pour Graz, j'ai protesté. Sans votre mari, songez-vous que vous seriez un cadavre défiguré? En train de pourrir quelque part dans la banlieue de Graz?

Ruth porta vivement les mains à son visage.

— Taisez-vous, par pitié... Taisez-vous...

— Je ne me le serais jamais pardonné s'il vous était arrivé quelque chose.

En dépit de l'effroi la secouant, lady Lauder crut deviner dans la voix de Lowdham une chaleur bien proche de la tendresse. Elle en éprouva une satisfaction profonde sans se poser d'autre question. Simplement, elle se dit que la présence d'Annabel Wooler s'avérait bien malheureuse.

Ferns se mêla au débat :

— Surveillez donc vos paroles, Terry! Pourquoi affoler lady Lauder?

— Pour l'empêcher de revenir sur sa décision et la voir quitter nos rangs au plus tôt.

— Tout cela est peut-être très gentil, Terry, mais vous seriez mieux inspiré de veiller davantage sur votre propre comportement.

— Que signifie cette réflexion, Ferns?

— Que vous n'avez pas été très brillant à Graz, vous non plus, hein? Je vous envoie là-bas pour veiller sur le baronet et sa femme et vous vous laissez repérer du premier moment. Pas très fort, non?

Lowdham se mit à rire.

— J'avoue que je ne m'attendais pas à celle-là... Je me méfiais de vous, lady Lauder, mais pas de votre mari... En réalité, je ne m'occupais pas de lui. Quand il m'est tombé dessus, je m'y attendais si peu que j'ai dû avoir l'air complètement idiot...

Ruth en convint.

— Vous aviez surtout l'air fort ennuyé et encore nous pouvons nous estimer heureux qu'Archibald n'ait pas révélé à l'agent qui vous étiez!

— En tout cas, il m'a fallu rentrer chez notre « contact » pour me changer et, lorsque je suis arrivé à la Münzgraben Strasse, tout était fini. Je ne me doutais pas que le baronet préviendrait la police, sinon je n'aurais pas traîné dans le coin ainsi que je l'ai fait. Je ne comprenais pas ce qui se passait et je me persuadais que vous n'étiez pas encore arrivée. J'ai guetté votre venue, mais ce sont les flics qui sont arrivés!

Ferns conclut :

— Quoi qu'il en soit, nous avons une revanche à prendre. Tout ce que nous a rapporté l'aventure de Graz, c'est la certitude de l'innocence de Krukel. Un profit négatif en quelque sorte. Lady Lauder, vous ne pouvez quitter Vienne immédiatement sous peine d'éveiller des soupçons. Je vous conseille de demeurer encore un peu parmi nous.

Lowdham sortit du bureau du consul en même temps que Ruth.

— Vous rejoignez le baronet?

— Au *Casanova*... Nous commençons à y avoir nos habitudes comme de vrais Viennois. A la vérité, Archibald y retrouve un peu l'ambiance de son club...

— Me permettez-vous de vous y accompagner?

— Mais avec plaisir.

Lorsqu'ils furent sur le trottoir, Lowdham suggéra :

— La nuit est particulièrement douce... Que diriez-vous de gagner le *Casanova* à pied?

Ruth se rendait parfaitement compte qu'elle aurait dû refuser, mais elle aimait à se trouver près de ce grand garçon dont la virile énergie la changeait du baronet. En bref, elle accepta et ils partirent tous deux, pareils à deux amoureux. Annabel Wooler émergea alors de l'encoignure où elle les épiait et ce, au moment où Ferns apparaissait à son tour. Il vit sa secrétaire, suivit la direction de son regard et comprit. Il alla à elle :

— Eh bien! Annabel, voilà que vous espionnez pour votre propre compte, maintenant?

— Elle ne me le prendra pas! Ah! non. Je ne la laisserai pas faire.

— Ecoutez, Annabel, vos histoires sentimentales deviennent encombrantes...

— Fichez-moi la paix!

Et laissant là le consul interloqué par cette grossièreté tout à fait inattendue dans la bouche de Miss Wooler, cette dernière héla un taxi et lui donna l'adresse du *Casanova*.

Sir Archibald en était à son troisième whisky

et commençait à se dégeler, promenant sur ceux qui l'entouraient au bar un regard presque amical. Un Autrichien se tournant vers lui, avec cette familiarité que donne le fait de boire ensemble, déclara :

— Aimez-vous Vienne, monsieur?

Le baronet hésita :

— Je pense que oui.

— Alors, monsieur, combien je regrette que vous n'ayez pas connu Vienne de jadis... On ne s'y ennuyait pas comme aujourd'hui!

— Parce que vous estimez qu'on s'y ennuie?

— Pas vous?

— Mon Dieu, il n'y a que quelques jours que je suis arrivé et, franchement, je n'ai pas encore eu le loisir de trouver le temps long.

— Vous avez bien de la chance... Il ne se passe jamais rien...

C'est alors qu'Annabel Wooler fit son apparition au *Casanova* et, ayant repéré Archibald fonça sur lui. Devant cet ouragan, l'interlocuteur du baronet se recula prudemment d'un pas.

— Sir Archibald!

— Miss Wooler?

— Votre femme est avec Terry Lowdham!

— Vraiment?

— Et ils viennent ici, en se promenant!

— Et alors?

— Mais... Vous ne comprenez pas?

— Comprendre quoi, Miss?

— Enfin, vous connaissez la réputation de Terry! Je suis payée pour le savoir!

Le baronet réajusta son monocle et, très froid :

— Miss Wooler, j'ignore totalement la réputation de Mr. Lowdham et ne tiens pas à la connaître. Par contre, la réputation de lady Lauder m'est chère et je ne permettrai pas qu'on la salisse du plus léger soupçon... Je vous serais obligé de vous le rappeler.

L'Anglaise rougit jusqu'à la racine des cheveux.

— En somme, vous vous fichez que votre femme et Terry...

— Restons-en là, s'il vous plaît, Miss Wooler, je vous prie. J'ai bien l'honneur de vous saluer.

Et, sans plus se soucier de la jeune fille, Archibald lui tourna le dos. Suffoquée par l'affront publiquement infligée, Annabel réagit de la plus vilaine façon.

— Une chiffe, voilà ce que vous êtes! Un dégénéré! Un type est en train de vous chiper votre femme et tout ce que vous trouvez à dire, ce sont des phrases toutes faites!

Les clients écoutaient, intéressés, car il était vraiment extrêmement rare que des Britanniques se disputassent au vu et su de tout le monde. Le baronet haussa les épaules et revenant à Miss Wooler :

— Miss, vous n'avez pas reçu assez de fessées dans votre jeunesse...

— Et ça vous plairait sans doute de me donner celles qui me manquent, dégoûtant!

Il y eut des rires étouffés.

— Je conviens, Miss, que cela ne me déplairait pas.

Hors d'elle, Annabel leva la main sur le baronet, mais Malcolm Ryhope, arrivé entre temps, l'attrapa au vol.

— Annabel! Vous êtes folle ou quoi?

— Lâchez-moi! Espèce d'ivrogne!
Le maître d'hôtel s'approcha :
— Permettez-moi de vous accompagner, Miss.
Alors, ainsi qu'il fallait s'y attendre, Miss Wooler éclata en sanglots et se laissa docilement emmener. On appela un taxi et on la mit dedans à destination de son hôtel. Après son départ, il y eut un instant de gêne. Sir Archibald, qui semblait très à l'aise, remercia Malcolm.
— Vous êtes apparu au bon moment, Mr. Ryhope. Un whisky?
— Volontiers. Qu'avait-elle?
— Il paraît que Mr. Lowdham vient en compagnie de lady Lauder et cela a suffi pour la plonger dans une crise de jalousie démente. Elle tient tellement à ce garçon qu'elle doit s'imaginer que toutes les femmes sont désireuses de le lui prendre.
— Terry Lowdham est un salaud.
— Allons, allons, ne vous laissez pas abattre à votre tour. Un combat n'est jamais perdu avant que l'un des deux adversaires n'ait quitté le terrain.
Puis, s'adressant au monsieur qui se plaignait de l'ennui viennois :
— Vous voyez qu'il se passe toujours quelque chose?
L'Autrichien s'inclina.
— J'ai admiré votre patience, monsieur. Cette jeune fille énervée qui s'est permis de vous dire que vous étiez une chiffe... Franchement, je crois que je ne l'aurais pas supporté!
Le baronet eut un bon sourire et parlant aussi bien pour l'étranger que pour Ryhope :
— Miss Wooler est jalouse et l'on ne saurait

attendre d'une jalouse qu'elle raisonne avec sagesse. De plus, elle n'est pas au courant, sans cela elle ne se serait pas autorisée à me traiter ainsi...

— Elle n'était pas au courant de quoi, si je ne suis pas indiscret?

— De ce que j'ai tué un homme qui me manquait de respect, hier à Graz.

Ryhope ferma les yeux et crispa la main sur son verre de whisky. Quant à l'interlocuteur de sir Archibald, il s'étranglait avec son madère. L'annonce flegmatique de l'Anglais avait suscité une certaine émotion parmi ceux l'ayant entendu. Ils firent insensiblement cercle autour de lui.

— Vous avez tué un homme, monsieur?

— Un garçon solide d'ailleurs, mais véritablement pas sympathique.

L'Autrichien jeta un coup d'œil quelque peu hagard sur ses voisins avant de réclamer des précisions.

— Vous l'avez tué... Vraiment?

— Je crois, oui... Je lui ai fendu le crâne d'un coup de hachette. Spectacle assez répugnant, je dois l'avouer. Je n'ai sans doute pas la main, mais c'est très salissant, je vous assure.

Malcolm tenta de faire taire le baronet.

— Cette histoire n'intéresse pas ces gentlemen, sir Archibald.

La remarque déclencha un concert de protestations.

— Ils ne semblent pas partager votre opinion, mon vieux.

— Je vous en prie, sir Archibald, écoutez-moi...

— Vous devenez ennuyeux, mon cher, et c'est justement ce que ces gentlemen n'aiment pas. Moi non plus du reste.

— J'espère que vous ne regretterez pas vos confidences inutiles.

— Je ne regrette jamais rien.

Longtemps, Ruth et Terry marchèrent côte à côte sans prononcer un mot. Sans oser en témoigner ouvertement, ils goûtaient le plaisir d'être ensemble, un plaisir où se mêlait une pointe de remords. Elle ne pouvait oublier Archibald, il ne pouvait effacer le souvenir d'Annabel. Sans le savoir, ils communiaient d'abord dans le même regret d'une liberté perdue ou fortement aliénée.

Ils débutèrent leur entretien par des banalités où leurs timidités tentaient de se rassurer. Après des aperçus généraux sur Vienne, sur l'Autriche et sur la Grande-Bretagne, Lowdham attaqua :

— Lady Lauder... Comment avez-vous pu épouser le baronet ?

Sans deviner la nature exacte du sentiment qui la poussait, Ruth se crut obligée de se justifier. Elle conta son enfance triste, privée de parents proches, elle dit son adolescence sans joie, sa jeunesse difficile et tout ce qu'elle avait enduré pour obtenir ce qu'elle avait obtenu. Sir Archibald était une espèce de revanche que le sort lui offrait. Devenir lady Lauder s'affirmait la preuve de son triomphe sur toutes les difficultés dressées sur sa route. Elle n'avait pensé qu'à cela en acceptant de devenir la femme du baronet.

— Vous... vous l'aimez ?

Elle ne s'indigna point de cette curiosité familière. Grâce au sortilège de l'heure et de la nuit, elle méprisait les conventions sociales et les sacrosaintes lois du qu'en-dira-t-on. En vérité, ce n'était pas tellement à Terry mais à elle-même qu'elle se confessait. Sans doute, si Lowdham lui avait posé cette question dans la matinée de ce jour, l'aurait-elle sévèrement remis à sa place.

— Non.

— Et lui?

— Lui? Je ne pense pas qu'il soit capable d'éprouver un sentiment profond pour qui que ce soit. Sir Archibald s'aime lui, d'abord. Et peut-être sa mère qui est sa dévotion. La vie, il l'a apprise une fois pour toutes à Oxford et tout ce qui ne ressemble pas à ce qu'on lui a enseigné, est tenu pour mensonger ou conte bleu. Rien ni personne ne pourra lui ouvrir les yeux.

Ruth ne se formalisa pas de sentir Terry lui serrer tendrement le bras afin de lui montrer qu'il la comprenait et partageait sa peine. Pour la première fois l'ex-Miss Truksmore se laissait aller aux confidences. Elle n'en sentait toute désorientée et, en même temps, soulagée.

— Et vous, Lowdham?

— Oh! moi, je pourrais vous raconter à peu près la même histoire. Des parents besogneux. Un père qui buvait trop pour réussir à amasser des économies. Une mère morte à la tâche. Des études difficiles. Je me suis sauvé à quinze ans et mon père n'a pas pris la peine de me courir après. Et puis, la chance de rencontrer un type, en Amérique, qui m'a enseigné la vie et les armes nécessaires pour s'en sortir. J'ai fréquenté une université provinciale. Je payais mes cours avec l'argent que me rapportait mon métier d'aide-jardinier. Revenu en Angleterre, prêt à tout, au bien comme au mal, je fus repéré par un agent du MI. 5, il y a sept ans. Voilà.

— Seulement, vous, vous avez Annabel Wooler...

— Oh! Annabel...! Ce n'est pas moi qui l'ai, c'est elle qui veut m'avoir.

Une chaleur délicieuse réchauffa Ruth.

— Elle semble vous aimer beaucoup?

— Comme elle aimait Ryhope avant mon arrivée.

— Allons, ne soyez pas amer, Terry, Annabel est sûrement une fille très bien.

— Sûrement, mais sûrement aussi elle m'ennuie.

— Dans ce cas, pourquoi ne le lui dites-vous pas?

— Par lâcheté.

Ils se turent, s'étant confié l'essentiel de leurs préoccupations particulières. Terry reprit d'un ton faussement enjoué :

— Avec son snobisme, son amour de la considération d'autrui, Annabel eût été l'épouse rêvée pour le baronet.

— Parce que vous trouvez que moi...?

— Vous? Vous n'êtes pas faite pour les salons et les révérences. Il vous aurait fallu rencontrer un garçon comme moi et si j'avais eu la chance d'avoir une compagne qui vous ressemble, je serais monté haut!

Conscients, l'un et l'autre, qu'ils ne devaient rien ajouter à ce qu'ils avaient dit, ils n'échangèrent plus un mot jusqu'à leur arrivée devant le *Casanova*. Au moment où Ruth s'apprêtait à pousser la porte du bar, Terry la retint.

— Peut-être n'aurons-nous plus jamais l'occasion de nous parler de la sorte. Je voudrais que vous sachiez combien votre présence, votre confiance, votre amitié m'ont été d'un grand secours. Je vous en remercie du fond du cœur.

Bouleversée par un sentiment encore jamais éprouvé, lady Lauder ne put que répondre :

— Moi aussi... J'ai été contente de pouvoir vous connaître mieux...

Si les mots se révélaient sans importance, le ton ne l'était pas.

En pénétrant dans le bar, les nouveaux arrivants s'étonnèrent de voir que presque toute la clientèle s'agglomérait en un coin. Il ne leur fallut pas longtemps pour découvrir que le baronet constituait le centre attractif de cet atroupement.

Ruth gémit :

— Seigneur! Qu'a-t-il encore inventé?

Malcolm Ryhope qui les vit se précipita vers eux.

— Ah! lady Lauder, si vous avez quelque influence sur sir Archibald, je vous en supplie, essayez de lui imposer silence!

— Qu'est-ce qu'il fait?

Dégoûté, Malcolm répondit :

— Presque rien... Il est en train de raconter à qui veut l'entendre de quelle façon il a tué le meurtrier de Krukel... De cette façon, s'il existait encore un Autrichien qui ne fût pas au courant de nos activités, maintenant il est renseigné. Franchement, lady Lauder, vous ne pourriez pas nous débarrasser définitivement de votre mari? Je suis un homme mal élevé, lady Lauder, c'est pourquoi je puis vous confier que, dans mon existence, j'ai rencontré bien des crétins, mais de la taille du baronet, jamais!

Sur ces paroles définitives, Ryhope rejoignit ceux qui écoutaient sir Archibald. Lowdham se pencha sur l'épaule de Ruth et murmura :

— Me tiendrez-vous pour aussi grossier que Malcolm si je vous assure que vous méritiez quand même mieux que ça?

— Non... Mais, je préfère que vous ne le disiez pas.

L'Anglais répétait pour ses auditeurs et spectateurs, le coup lui ayant permis de venir à bout de celui qu'il ignorait s'appeler Stefan Drozek, lorsque la voix de lady Lauder s'éleva :

— Je crains, Archibald, que vous ne manquiez de tenue!

Le baronet arrêta net sa démonstration et parut fort embarrassé.

— Vous croyez, très chère?

— J'en suis certaine!

— Dans ces conditions, veuillez m'excuser, gentlemen...

Le premier interlocuteur du baronet ne put cacher sa déception.

— Et savez-vous pour quelles raisons votre victime avait assassiné ce vieux cordonnier?

— Non, et cela m'indiffère complètement. Ce monde-là n'a aucun intérêt.

Ryhope se dressa devant sir Archibald.

— Retirez ce que vous venez de dire!

Sir Archibald Lauder toisa Ryhope et laissa tomber :

— Vous m'adressez la parole sur un ton qui ne me convient guère.

— Moi, ce sont les idioties que vous proférez depuis une demi-heure qui ne me conviennent pas!

— Mr. Ryhope, j'ai le regret de vous affirmer que vous n'êtes pas un gentleman.

— Et moi j'ai l'honneur de vous dire que j'ignore ce que je méprise le plus en vous, de votre lâcheté ou de votre sottise!

— Navré, Ryhope, mais vous l'avez bien cherché.

D'un court et puissant crochet du gauche (en bon Britannique), le baronet foudroya littéralement Malcolm qui s'écroula à ses pieds. Sir Archibald s'adressa à l'assistance :

— Avec mes regrets, gentlemen, mais je déteste qu'on m'interpelle avec une pareille vulgarité.

Et se tournant vers le barman :

— Veuillez lui préparer un whisky pour le moment où il se réveillera.

Quelqu'un remarqua :

— Vous avez un bon crochet du gauche, monsieur.

— J'ai été champion d'Oxford dans les mi-lourds autrefois.

Aidé d'un garçon, Terry installa Malcolm sur une chaise. Ruth, lui bassinant les tempes, tentait de lui faire recouvrer ses esprits. Les clients regagnèrent leurs tables, enchantés d'un intermède qui, cependant, les laissait sur leur faim. Lorsque Ryhope rouvrit les yeux, il vit le baronet qui lui tendait un verre. Il le prit tout en protestant :

— Vous m'avez eu par surprise... Mais j'aurai ma revanche!

— Vous m'en voulez parce que je vous ai repéré à Graz, à l'entrée de l'Hauptbrücke! Vous avez cru m'échapper...

— Je savais que vous m'aviez vu, mais je ne voulais pas que Ferns m'aperçoive.

Lowdham s'exclama :

— Ferns?

— Il suivait d'assez près le baronet et lady Lauder.

Ruth, Terry et sir Archibald se regardèrent et ce fut la jeune femme qui conclut :

— En somme, nous étions tous à Graz, hier.

Au *Kaiserin Elisabeth*, Ruth voulut avoir l'opinion de son mari sur la dernière révélation de Malcolm : la présence de Ferns à Graz. Il n'y a pas de raison que Ryhope mente. Il n'a rien contre le consul. Alors, pour quelles raisons ce dernier n'a-t-il pas averti lady Lauder qu'il se trouvait à Graz?

— Je n'en sais rien, ma chère... Pas plus que je ne sais d'ailleurs ce que Ryhope fabriquait là-bas.

— C'est vrai, il ne nous a pas confié la raison de son voyage... Ne croyez-vous pas que...

— Ecoutez, ma chère, je vous serais très reconnaissant de ne plus me parler de ces gens-là. Je conviens, si cela peut vous être agréable, qu'il y a réellement des histoires pas très ragoûtantes entre les différents services secrets, mais je ne tiens absolument pas à m'en mêler. Et je serais fort heureux que vous copiiez votre attitude sur la mienne.

— N'y comptez pas. J'ai pris un engagement, je le respecterai.

— Enfin, comment pouvez-vous vous complaire dans ce milieu?

— Ce milieu vaut le vôtre, sir Archibald Lauder! Ces garçons n'ont sans doute pas été élevés à Oxford ou à Cambridge, ils manquent peut-être de principes, mais pas de courage, et si vous voulez connaître ma pensée, j'estime que le courage est plus nécessaire que les principes dans la vie! Mais savez-vous seulement ce que c'est que vivre?

— J'ai trente-cinq ans, ma chère...

— A l'état civil, en vérité vous n'êtes qu'un adolescent attardé!

— Tandis que Terry Lowdham est un homme dans toute l'acception du mot, lui?

Elle perdit un peu pied.

— Pourquoi me parlez-vous de Terry Lowdham?

— Ne vous êtes-vous pas promenée avec lui ce soir?

— Si, et alors? Seriez-vous jaloux?

— Jaloux d'un Lowdham, moi? Vous voulez rire?

Rien que pour cette remarque, elle l'aurait giflé avec joie.

— Non, mais à cause de ce garçon, j'ai eu droit, en public, à une scène excessivement désagréable de la part de Miss Wooler.

— Annabel? Mais... où cela?

— Au *Casanova*.

— A quel sujet cette scène?

— La jalousie, ma chère, tout simplement. Cette jeune fille est persuadée que vous méditez de lui voler son fiancé et elle tenait à ce que j'intervienne.

— Elle est folle!

— C'est ce que je lui ai dit.

Il ricana.

— Ces gens du commun ont parfois de ces audaces...! Elle se souciait de votre réputation, figurez-vous. Je lui ai expliqué que lorsqu'on portait le titre de lady, on savait défendre sa réputation. Enfin, les égarements de l'amour, nous connaissons cela, n'est-ce pas?

— Vous?

— Je parlais en général.

— Ah! bon...

— Seulement cette démarche déplaisante de Miss Wooler vous montre à quel point vous vous commettez, ma chère. Je vous en prie, renoncez à vos chimères et reprenons l'avion pour Londres au plus tôt.

— Pas avant de savoir comment Lucan et Krukel sont morts...

— Pour ce dernier, cela me semble assez évident. Avec la gorge ouverte...

— Je veux dire : pourquoi les a-t-on tués?

— Je me demande vraiment en quoi cela vous regarde? A cause de vous, je mène une existence impossible, je suis insulté, je me vois obligé de tuer pour me défendre! Vous rendez-vous compte que si les membres de mon club apprenaient ces abominations, ils seraient capables de me retirer la présidence?

Elle le regarda, apitoyée, et, secouant la tête :

— Pauvre Archibald!...

Elle se glissa sous ses couvertures en songeant que le premier homme se trouvant en présence d'un mammouth, ne dut pas éprouver une plus grande incompréhension que la sienne devant le baronet.

CHAPITRE VI

En même temps qu'on lui montait son petit déjeuner, on apporta à Ruth un message téléphoné reçu par la réception : Mr. Jim Ferns priait lady Lauder de se rendre à son bureau dès qu'elle le pourrait. Cependant, il avait appelé une heure et demie plus tôt, en interdisant de réveiller la destinataire de sa communication.

Ne s'occupant pas de son mari qui continuait à dormir béatement, Ruth se hâta de procéder à sa toilette, s'habilla et sortit non sans laisser un billet à sir Archibald pour le prévenir qu'elle reviendrait déjeuner à l'hôtel.

Ferns reçut lady Lauder dès qu'elle se présenta. Le consul n'était pas de bonne humeur. A peine Ruth fut-elle assise que son hôte attaqua :

— Je vous le dis tout net, chère amie, votre mari, je commence à en avoir par-dessus la tête!

— Et moi donc!

— Permettez! Vous, vous l'avez choisi, tandis que moi je n'ai rien fait pour le subir!

— Je ne peux quand même pas le tuer!

— C'est bien dommage car au train où il va, il éliminera notre réseau par le ridicule! Une arme qu'on n'avait pas encore songé à employer dans les services secrets! Cette scène, hier soir, au *Casanova*, a été simplement scandaleuse! Non seulement le baronet expose nos petites histoires en public, mais encore il frappe un de nos agents! Il est fou ou quoi?

— Qu'il ait raconté son aventure avec Drozek, d'accord, du moins jusqu'au moment où je suis arrivée avec Terry... Avec Mr. Lowdham, je veux dire.

— Oh! j'ai parfaitement compris et puisque vous abordez ce sujet, permettez-moi de vous confier qu'Annabel Wooler, elle aussi, a compris!

Ruth se cabra.

— Que signifie cette réflexion, Mr. Ferns?

Le consul parut gêné.

— Excusez-moi, lady Lauder, mais la réputation de don Juan de Lowdham est solidement établie et, si je suis me permettre cette remarque, je pense qu'une personne de votre qualité devrait veiller à ne pas susciter de fâcheux commentaires ni de scènes aussi grotesques que celle infligée par Miss Wooler à votre mari!

— Miss Wooler est d'une jalousie démentielle!

— Sans doute, et si je n'ai pas à me soucier de la vie privée de mes collaborateurs, je n'admettrai pas qu'elle porte atteinte au bon fonctionnement de mon service. Inutile de vous préciser que je n'ai pas caché ma façon de voir à Miss Wooler qui, sur ma demande expresse, adressera ses excuses au baronet. Mais revenons à nos moutons : pour quelles raisons sir Archibald a-t-il cru bon de frapper Malcolm Ryhope?

— Parce que celui-ci l'avait gravement injurié.

— En voilà une autre!

— Mr. Ferns, quelle serait votre réaction si quelqu'un vous traitait de crétin dans un lieu public?

— Enfin, quoi! Ils deviennent donc tous fous dans mon service?

Le consul attrapa son téléphone et sonna le bureau de Malcolm, en vain.

— Et il se permet de ne pas être au travail! Mais pour qui se prend-il Mr. Ryhope?

Rageur, il appela Lowdham.

— Terry?... Venez immédiatement, je vous prie!

Lowdham se présenta presque aussitôt. Il salua chaleureusement lady Lauder, mais Ferns brusqua les politesses.

— Savez-vous où est Malcolm?

— Ma foi, non.

— Il ne perd rien pour attendre, celui-là! Pourquoi ne m'avez-vous pas dit, Terry, que Ryhope avait insulté le baronet?

— Parce que sir Archibald, lui-même estimait que la colère de Malcolm à son égard ne tenait pas au prétexte donné.

— Ah?

— Mais au fait que sir Archibald avait reconnu Malcolm qui se trouvait avant-hier à Graz en même temps que lui.

Lowdham prit un temps avant d'ajouter :

— ... En même temps que vous, Ferns.

Le consul ne parut pas désorienté par cette remarque.

— En effet... Je ne voulais pas vous le révéler, mais je suis allé à Graz parce que je craignais que Ryhope ne s'y rendit... Je l'avoue, je l'ai mis sous surveillance discrète la nuit qui a précédé son départ... J'ai pris la relève, par respect pour notre amitié d'autrefois.

— Que craigniez-vous donc?

— Je n'ose pas vous en parler encore... Terry, j'ai le sentiment que Malcolm est victime d'une obsession : il nous hait tous depuis qu'Annabel Wooler l'a lâché pour vous... De plus, Ryhope laisse chaque soir beaucoup d'argent au *Casanova*. Où le prend-il?

— Vous penseriez que...

— Je me défends de penser quoi que ce soit Terry. J'aurais trop peur des conclusions auxquelles je risquerais d'arriver.

— Vous avez pu le suivre à Graz?

— Oui. Il ne m'a repéré que vers le Hauptbrücke.

— Et... Où s'est-il rendu?

Ferns ne répondit pas tout de suite et, quand il se décida, ce fut d'une voix sourde.

— Chez Krukel, dans la Münzgraben Strasse.

Plus personne n'eut envie de parler. Enfin, Ruth se décida à rompre le silence :

— Il est arrivé là-bas avant nous?

— Une heure à peu près si j'en crois votre rapport. Je sais ce que vous pensez, mais, je vous en prie, ne sautez pas aux conclusions trop faciles. Je ne connaîtrais pas Malcolm, je l'aurais déjà neutralisé, mais je me rappelle l'homme qu'il a été, les blessures qu'il a reçues en service commandé. Il n'est pas possible qu'il soit devenu un...

Il ne parvint pas à articuler le mot qui lui brûlait la gorge.

— ... A moins que l'alcool et son amour malheureux l'aient beaucoup changé.

Le baronet appliqué à sa culture physique, se trouvait en un équilibre périlleux et faillit choir lorsque la sonnerie du téléphone crépita. Il étouffa un juron et demanda d'un ton rogue ce qu'on lui voulait... Il s'agissait d'un agent de la police qui le priait de passer dans la matinée à la Kriminalpolizeï où le commissaire Rudi Hagenbrecht serait heureux d'avoir un entretien avec lui. Redevenu homme du monde, sir Archibald assura qu'il se faisait une joie de connaître un nouveau policier autrichien et qu'il se rendrait à l'invitation de Rudi Hagenbrecht dès qu'il le pourrait.

Après un solide petit déjeuner, le baronet mit la plus seyante de ses cravates et se dirigea d'un pas léger vers la Kriminalpolizeï où on le reçut fort courtoisement, ce dont il marqua un contentement évident.

Rudi Hagenbrecht arrivait à la retraite et souffrait depuis toujours d'une hargne sans cesse contenue pour ne pas nuire à un avancement qui, en dépit de cette sagesse, ne s'était pas révélé exceptionnel. Sur le moment de quitter le service, n'ayant plus rien à redouter, le commissaire commençait à dire tout haut ce qu'il avait gardé en lui trente-cinq années durant. Il accueillit sir Archibald sans chaleur et même avec un rien d'agressivité. Après qu'il l'eut prié de s'asseoir et qu'il eut vérifié ses papiers, Hagenbrecht attaqua :

— Sir Archibald Lauder, de hautes influences ont amené, en un temps record, l'étouffement de l'affaire de Graz où vous avez joué le rôle de premier plan.

Le baronet s'inclina.

— Seulement, moi, je me moque des hautes influences, comprenez-vous?

— Très bien, monsieur le commissaire.

— Ce que je veux, c'est la vérité et que cela déplaise ou plaise, je m'en fiche!

— Vous avez parfaitement raison, monsieur le commissaire.

Rudi examina l'Anglais d'un œil soupçonneux. Ce type, avec son monocle, oserait-il se moquer de lui?

— Je serais curieux de savoir si vous me donnerez toujours raison quand je vous aurais dit que l'histoire que vous avez racontée à mon collègue de Graz ne me plaît pas du tout?

— Chacun ses goûts, monsieur le commissaire.

— Vous commencez à m'exaspérer, sir Archibald Lauder!

— Si vous saviez ce que vous me faites, vous, monsieur le commissaire, vous ne seriez sûrement pas content.

— Je vous interdis de...!

— Vous n'avez rien à m'interdire, mon petit monsieur, et si vous ne changez pas de ton, je m'en vais!

— A condition que je vous laisse partir!

— Chiche!

Ils se regardèrent fixement, puis le policier recouvra son sang-froid.

— C'est bon, mais je vous jure que vous ne perdez rien pour attendre! Répétez-moi ce qu'il s'est passé à Graz?

— La version que j'ai donnée à votre collègue?

— Parce qu'il y en a une autre?

— Bien sûr...

— La vraie?

— Disons : celle qui vous plaira.

— Je vous écoute!

Le baronet commença par sortir une cigarette de son étui, l'alluma, en tira quelques bouffées avant de commencer :

— Pour ne rien vous cacher, monsieur le commissaire, je m'ennuyais et ne sachant pas trop à quoi employer mon temps, je me suis dit : « Tiens, si j'allais tuer un cordonnier... »

— Quoi?

— Comme je me trouvais dans la Münzgraben Strasse, je suis entré dans la première boutique rencontrée... Le hasard a voulu que ce fut celle de Krukel. Il n'a pas eu de chance. Sous prétexte de le contraindre à m'essayer une paire de chaussures afin de lui montrer qu'elle ne m'allait pas, je l'ai obligé à s'asseoir sur une chaise et, parce qu'il renâclait, j'ai dû l'attacher. Alors, il s'est mis à crier. Il m'a donc fallu lui trancher la gorge, seul moyen de lui imposer le silence. Un client, arrivé à cet instant, jugea bon de m'adresser des remarques désobligeantes quant à mon attitude vis-à-vis de Krukel. Or, je déteste qu'on critique mes actes et j'ai fendu le crâne de cet importun avec une hachette qui se trouvait là, je me demande bien pourquoi?

Pendant le récit du baronet, le visage du commissaire était passé par toutes les couleurs de l'arc-en-ciel pour s'arrêter finalement à un pourpre violacé du plus curieux effet. Rudi flanqua un maître coup de poing sur son bureau et hurla :

— Vous vous foutez de moi?

— Oui, monsieur le commissaire.

— Parce que vous êtes anglais, vous vous imaginez...

— Parce que je suis anglais, j'imagine qu'un étranger a le droit d'être traité avec égards partout où il se présente. Je regrette qu'on n'enseigne pas ces notions élémentaires à l'Ecole de Police autrichienne. Je n'en ferai pas mon compliment à Son Excellence, l'ambassadeur d'Autriche, à Londres. J'ai l'honneur de vous saluer, monsieur le commissaire.

Le baronet avait presque atteint la porte lorsque Rudi Hagenbrecht réussit à dire :

— Sir Archibald Lauder...

L'Anglais se retourna, attendant la suite.

— ... Je... je vous demande de m'excuser si... si je me suis montré un peu... brusque.

— Je vous ai déjà oublié, mon cher.

— Vous ne voulez pas me confier ce qu'il s'est passé réellement dans la Münzgraben Strasse?

— Reportez-vous à ma déposition spontanée de Graz. Un voyou tue un vieux cordonnier pour le voler. Lady Lauder arrive sur ces entrefaites, il hésite à l'assassiner et l'assied sur une chaise où il la ligote. Qu'avait-il l'intention de faire? Je l'ignore car je me présente... Vous connaissez la suite. A mon avis, vous attachez trop d'importance à ces gens qui ne méritent guère à retenir longtemps l'attention, sauf peut-être ce malheureux cordonnier, mais quoi? nous ne pouvons le ressusciter, n'est-ce pas? Mes compliments, monsieur le commissaire.

Cette querelle avait échauffé le sang de sir Archibald Lauder qui détestait, d'une manière générale, se mettre en colère et plus encore avant le déjeuner. Pour se calmer, il gagna le *Casanova* afin d'y prendre quelque boisson rafraîchissante.

Il n'était pas installé à une table que Miss Wooler, entrant dans le bar, se dirigeait tout de suite vers le baronet. A la vue de la jeune fille, ce dernier eut une grimace d'énervement. Cette folle allait-elle de nouveau l'importuner avec sa jalousie? Néanmoins, en parfait homme du monde, il se leva pour saluer Annabel et l'inviter à s'asseoir. Elle accepta et, lorsque le garçon lui eut apporté le Cinzano réclamé, elle débita un discours que l'Anglais jugea depuis longtemps préparé.

— Sir Archibald, je suis là pour vous présenter mes excuses à propos de la scène stupide d'hier soir et si vous avez mis lady Lauder au courant, je vous serais obligée de la prier de me pardonner...

— N'en parlons plus.

— Si, il faut que j'en parle, car je ne voudrais pas que vous me preniez pour une folle... J'ai vingt-neuf ans et je ne tiens pas à rester vieille fille... Malcolm me plaisait assez, mais ce n'était pas la passion... Vous voyez ce que je veux dire?

— Oh! très bien...

Elle but une gorgée de Cinzano.

— Malheureusement, Ryhope est un homme

déjà usé... Il a trop combattu pour son pays... Comment vous expliquer? Il manque de flamme, de ressort. On a l'impression qu'il n'a plus le courage de s'intéresser à quoi que ce soit.

— Puis-je me permettre de remarquer, Miss, qu'il me semble tenir beaucoup à vous?

— Parce que j'étais pour lui une planche de salut. Il s'accrochait à moi pour ne pas sombrer. Du moment où je l'ai quitté, il a coulé à pic... Pauvre Malcolm!

Le baronnet admira cette belle inconscience poussant cette femme à plaindre un homme qu'elle avait elle-même précipité dans le malheur. Comme si elle devinait les pensées de son interlocuteur, Annabel entreprit de se justifier.

— Si Terry n'était pas venu, peut-être... Mais il est venu et désormais, pour moi, dès ce moment-là, ma vie a changé. Après tout, je n'étais pas mariée avec Malcolm! Pourquoi me serais-je sacrifiée?

Sir Archibald que ce bavardage ennuyait prodigieusement, s'interrogeait sur les raisons voulant qu'on le prit sans cesse pour confident.

— Si Ryhope avait été raisonnable, il aurait compris qu'entre Terry et lui aucune femme ne pourrait hésiter.

— Vous demandez beaucoup aux hommes, Miss...

— C'est à partir de ce moment-là qu'il s'est mis à boire... et à dépenser beaucoup d'argent.

Elle baissa la voix pour ajouter :

— C'est aussi à partir de ce moment-là que les membres de notre réseau hongrois ont disparu les uns après les autres.

Stupéfait, le baronet contemplait Miss Wooler

qui, froidement, lui laissait entendre que cet homme qui l'aimait se révélait peut-être le traître que Ruth s'obstinait à découvrir. Une pareille inconscience l'effrayait. Il ne put se tenir de le lui dire.

— Voilà une bien grave accusation, Miss Wooler.

— Je ne la répéterais pas devant un autre que vous, sir Archibald. Si Malcolm est vraiment coupable, comme je le crains, je désirerais qu'il démissionne et quitte Vienne au plus tôt, enfin avant que les autres ne pensent à le soupçonner.

— Vous en avez parlé à Lowdham?

Elle le regarda avec ses grands yeux étonnés.

— Bien sûr. Lui, je lui confie tout!

— Etes-vous certaine qu'il n'en a pas touché un mot — ainsi que son devoir l'exigeait, me semble-t-il — à Mr. Ferns?

— C'est possible... En y réfléchissant.

— En y réfléchissant, hein? Miss Wooler, j'ai le sentiment que vous avez joué un très vilain tour à Malcolm Ryhope...

— Oh! sir Archibald! Vous me blâmez de vouloir défendre les intérêts de mon pays?

— Qui se confondent merveilleusement avec vos intérêts sentimentaux.

— Et puis après?

Elle ressemblait à une petite fille boudeuse.

— C'est vous, sir Archibald qui l'avez repéré à Graz! Qu'y faisait-il?

— Qu'y faisait Ferns?

Le coup parut porter. Elle convint :

— L'attitude de Jim Ferns est bizarre aussi... Mais il aime beaucoup Malcolm... Oh! sir Archibald, ce n'est pas possible, n'est-ce pas, qu'ils puissent avoir partie liée tous les deux?

Avant de répondre, il vida son verre.

— Miss Wooler, pourquoi êtes-vous venue me confier toutes ces vilaines histoires?

— Parce que... parce que je souhaiterais que... que vous mettiez Malcolm au courant des soupçons qui pèsent sur lui. Moi, je ne le peux pas, je suis fonctionnaire, vous comprenez? Tandis que vous, vous n'êtes tenu par aucun engagement.

— En somme, si je saisis bien votre pensée, Miss Wooler, vous vous révoltez à l'idée de trahir la confiance de vos chefs, mais vous trouveriez tout à fait normal que je me charge de cette tâche indélicate?

— Pour sauver Malcolm...

— Mr. Ryhope m'est complètement indifférent, au même titre que Mr. Ferns et — excusez-moi — Mr. Lowdham.

— Oh! comment pouvez-vous...!

— Sans doute le charme de Mr. Lowdham n'a-t-il pas agi sur moi?

— Je... Je vous déteste!

— Cela aussi m'est égal, Miss.

Annabel se leva, pareille à une enfant à qui l'on a refusé de satisfaire son caprice.

— Je me doutais que vous ne m'aideriez pas...

— Vous auriez pu, dans ce cas, vous dispenser d'une démarche qui ne vous fut pas plus facile qu'elle ne m'a été agréable.

— Je sauverai Malcolm malgré vous tous!

— Et en quoi pensez-vous que cela puisse m'intéresser?

Elle sortit, en affectant une telle allure de

reine outragée que quelques-uns des consommateurs crurent que le baronet lui avait manqué de respect.

Après leur entrevue avec Ferns, Terry était parti en compagnie de Ruth. Ce qu'ils venaient d'apprendre de la bouche de Ferns, les bouleversait. La jeune femme demanda :

— Croyez-vous que Ferns se trompe?

— Je ne sais pas...

— Les raisons qu'il nous a données pour expliquer l'attitude de Ryhope me semblent valables.

— Parce que vous ne le connaissez pas! Malcolm est classé comme agent de premier ordre depuis des années. Quand on est dans le métier depuis longtemps, on comprend ce que cela signifie. On sait que l'homme ainsi étiqueté a risqué cent fois sa vie et dans les conditions les plus dures, simplement parce qu'il avait foi dans la cause défendue, parce qu'il entendait honorer ses engagements. Un agent de cette sorte ne trahit pas ses camarades et son pays pour une déception sentimentale.

Surprise, Ruth regarda Terry. Elle admira la pureté de ligne de son profil. Il lui rappelait ces statues grecques qu'elle allait voir jadis, le dimanche, au British Museum.

— Je croyais que vous ne vous aimiez guère tous les deux?

— Nos sentiments personnels n'ont rien à voir avec les qualités professionnelles dont nous discutons. Malcolm me déteste, il ne m'est pas sympathique, mais j'ai confiance en lui!

— Si vous, vous pensez de la sorte, Terry,

pour quelles raisons Ferns ne partage-t-il pas votre opinion?

Lowdham hésita un instant avant de répondre :

— L'attitude de Ferns m'intrigue... Elle me gêne même. Le motif qu'il nous a donné de sa présence à Graz ne m'a pas convaincu. Il m'y avait envoyé sous un prétexte léger et sans mission définie... Vous protéger! Quand? Comment? Dans quelles limites? Pourquoi ne m'a-t-il pas appris qu'on surveillait Ryhope à Graz où je pouvais le filer sans qu'il ait eu besoin de se déranger?

— Dans ces conditions... pourquoi accablerait-il Ryhope?

— Je préfère, à mon tour, ne pas me poser la question pour l'instant.

Sans même se consulter, Ruth et Terry avaient gagné le Burggarten. Spontanément, ils prirent place sur un banc presque sous la statue de Mozart. Le temps était doux et clair. Des enfants jouaient sous l'œil des mères bavardes. Dans ce jardin, tout respirait la douceur de vivre. Ruth soupira :

— Je trouve infiniment triste qu'on ne puisse avoir confiance dans des gens en qui l'on voudrait croire.

— J'ai déjà été trahi si souvent dans mes amitiés... Mais je dois reconnaître que dans ce milieu dur, impitoyable où la mort est toujours présente, je me figurais qu'on pouvait compter les uns sur les autres, jusqu'au bout.

— Qu'allez-vous faire?

— Partir.

— Partir?

— Voyez-vous, je ne peux pas vivre dans la défiance... J'aimais ce métier parce que j'étais certain d'y rencontrer des hommes exceptionnels... S'ils ressemblent aux autres, ils ne m'intéressent plus... Au fond, notre tâche est peut-être inhumaine.

— C'est aussi ce que je pense, Terry, depuis que j'ai vu le cadavre de Krukel.

Elle l'avait appelé Terry sans y prêter attention. Il lui prit la main. Elle ne la retira pas.

— J'ai hérité d'un oncle — qui m'avait oublié et qui, sans doute, a été pris de remords — une ferme dans le Dorset, près de Yevol, le domaine des « Trois Bouleaux ». J'y mènerai l'existence d'un gentleman-farmer... J'étais décidé à finir ma vie dans la solitude, mais depuis que je vous connais, je devine que je n'en aurai plus le courage.

Elle murmura plus qu'elle ne dit :

— Taisez-vous... Il ne faut pas... Il y a mon mari...

— Vous ne l'aimez pas et vous n'êtes pas femme à vivre avec un homme que vous n'estimez pas.

— Annabel...

— Annabel se consolera vite! Les Annabel se consolent toujours très vite. Ruth, vous devez m'écouter. Ce n'est pas une aventure banale que je vous propose, mais une union solide, heureuse pour suivre ensemble toute la route qu'il nous reste à faire.

Ses défenses cédaient très vite.

— Je ne possède point de fortune.

— Taisez-vous! J'ai suffisamment d'argent pour nous deux et vous m'aiderez dans l'exploitation des « Trois Bouleaux ». Si vous le désirez,

Ruth, je puis demander mon rappel à Londres dans les jours qui viennent et, une fois là-bas réclamer ma mise en congé temporaire, puis définitive.

— Etes-vous certain de ne pas regretter...?

— Non, si vous êtes là... Et puis, je ne vous le cache pas, il y a un peu de lâcheté de mon côté. Je préfère ne pas assister à la déchéance de Ryhope ou à des révélations cruelles, sur Ferns. Voulez-vous que je parle moi-même à sir Archibald?

Le baronet, l'œil vague, buvait son troisième whisky en s'interrogeant sur l'étrange manie qu'avaient les gens de le prendre pour confident. Pourquoi, diable! cette petite Annabel était-elle venue lui raconter ses histoires? S'imaginait-elle vraiment qu'il accepterait de donner des leçons de patriotisme, de fidélité, à un garçon qu'il connaissait à peine, qu'il avait frappé de surcroît? Et à quel titre agirait-il de la sorte? Sir Archibald haussa les épaules. Sans doute pensait-il qu'en dehors des frontières de l'Angleterre, le monde s'affirmait décidément une sorte de chaos où un gentleman n'avait réellement rien à faire.

Le mari de Ruth s'apprêtait à se lever pour rejoindre sa femme au *Kaiserin Elisabeth* lorsque Malcolm Ryhope entra. Le baronet se rassit. Il ne voulait pas donner l'impression de fuir l'arrivant et décida de laisser à Ryhope le temps de s'approcher du bar, de commander sa consommation avant de quitter la place, quand, surpris, il vit Malcolm se diriger vers sa table. Il ne paraissait pas du tout ivre. Il est vrai qu'il n'était pas encore une heure de l'après-midi.

— Sir Archibald, me permettez-vous de m'asseoir un instant? J'aurais quelques mots à vous dire...

Le baronet ne put retenir un gémissement.

— Vous aussi?

A croire qu'ils se donnaient tous le mot pour tenter de troubler la sérénité de sir Archibald. Ryhope le regarda avec curiosité.

— Pourquoi, moi aussi?

— Asseyez-vous et allez-y de vos confidences!

Tout en s'installant, Malcolm commença :

— D'abord, je vous présente mes excuses, pour hier soir...

Résigné, le baronet pensa : « Ça continue... »

— ... Je n'aurais pas dû me jeter sur vous ainsi que je me le suis permis, mais j'avais bu, d'autre part, j'aimais bien le cordonnier Krukel... Je le connaissais depuis mon arrivée à Vienne. Je savais tout de lui et de ses malheurs. Krukel appartenait à cette catégorie de gens dont les fluctuations de la politique ont irrémédiablement brisé l'existence... Pourtant je ne le plains pas d'avoir été assassiné, car la mort lui a apporté l'oubli.

— C'est son opinion qu'il faudrait connaître.

— Croyez-moi, je suis sûr de ne pas me tromper... J'allais souvent le voir à Graz et lorsque j'ai su que Ferns envoyait lady Lauder pour le rencontrer, j'ai partagé les craintes de Lowdham... Ce n'est pas parce qu'il m'a pris Annabel, mais je ne considère pas mon collègue comme un excellent agent. Un bagarreur, oui, un type courageux, sans aucun doute, mais manquant de finesse, à mon avis. Il fonce et ne sait guère faire autre chose. Un travail spectaculaire, mais qui n'est et ne sera jamais qu'une conclusion, un épilogue. Vous me comprenez?

— Je le pense.

— J'étais convaincu que nos adversaires avaient été mis au courant de la visite de lady Lauder et j'ai voulu la protéger tout en protégeant, le cas échéant, Krukel. Mais quand je suis arrivé dans la vieille ville, j'ai aperçu Jim Ferns derrière moi. Je n'ai pas compris et puis j'ai pensé qu'il me filait peut-être. Alors, je n'ai pas insisté et je suis reparti en attendant l'heure du train. C'est pendant cette promenade que vous m'avez sans doute aperçu à l'Hauptbrücke.

— Désirez-vous boire quelque chose?

— Non, merci... Je n'en ai pas envie... Je ne sais même plus de quoi j'ai envie, si toutefois je peux encore avoir envie de quelque chose.

Après un court silence, le baronet posa son éternelle question.

— Mr. Ryhope, pourquoi m'avez-vous raconté tout cela?

— Je l'ignore... Sans doute parce que je n'ai plus personne à qui me confesser et que les lendemains de cuite, on se sent encore plus seul que d'habitude. Pardonnez-moi de vous avoir dérangé...

— Mr. Ryhope, je me permettrais de vous dire que je vous trouve tous fort compliqués. Au fond, aucun d'entre vous n'a confiance dans son collègue... Je juge cela infiniment triste. Il y a un instant, Miss Wooler est arrivée ici... Pour me demander de vous parler.

— De me parler?

— De vous parler.

— Pour me dire quoi?

— Que vous seriez parfaitement inspiré de boucler votre valise et de rentrer à Londres.

Malcolm ricana.

— Ma présence la gêne?

— Pas exactement.

— Allons donc! Comme elle n'est pas une mauvaise fille, elle doit éprouver — bien qu'elle s'en défende — un certain remords à mon endroit et elle souhaiterait que je disparaisse pour pouvoir filer le parfait amour avec son Terry chéri.

Le baronet s'avouait très ennuyé.

— D'après ce que Miss Wooler m'a confié, ce n'est pas pour elle qu'elle s'inquiète, mais pour vous.

— Pour moi?

— Elle redoute que vous soyez arrêté bientôt.

— Arrêté?

— Pour trahison et peut-être pour meurtre. Vous voudrez bien m'excuser, mais je ne fais que rapporter ses paroles.

Malcolm ne réagit pas ainsi que sir Archibald s'y attendait. Il resta un moment sans piper mot puis, secouant la tête, lui dit avec douceur :

— Ainsi, Annabel Wooler m'a oublié au point qu'elle me croit capable de trahir, de tuer un homme qui était mon ami...

— Elle suggère que votre rancune née de son abandon aurait pu vous inciter à haïr la Grande-Bretagne à travers elle.

— Annabel Wooler se donne beaucoup d'importance.

— De plus, on se demande où vous prenez tout l'argent que vous dépensez en alcools variés.

— Des économies. A mon âge, cela n'a rien

d'extraordinaire, n'est-ce pas? De l'argent mis de côté pour le moment où j'aurai quitté le service. Du jour où Annabel m'a préféré Lowdham, j'ai commencé à dépenser... C'est peut-être idiot, ça l'est même sûrement, mais sans Annabel, l'avenir ne m'intéressait plus... Ainsi, sir Archibald, voilà comment l'amour peut transformer une femme qui vous jurait une tendresse éternelle. Se débarrasser de moi par n'importe quel moyen et, parmi tous ces moyens, elle choisit le plus lâche, le plus ignoble... Merci de vous être acquitté de votre mission, sir Archibald.

— Je n'avais pas l'intention de la remplir cette mission, et je l'ai dit à Miss Wooler.

— En tout cas, elle ne manque pas de culot!

— Je vous en prie, Mr. Ryhope!

— Qu'elle se permette seulement d'articuler la moitié d'une de ces ignobles accusations en ma présence et je lui tords le cou!

— Assassiner quelqu'un attire beaucoup d'ennuis, vous savez... Du moins dans la société ordinaire, je veux dire pas dans celle des agents secrets, si je dois en juger par ce qui s'est passé à Graz... Seulement, si vous vous laissiez aller à cette extrémité, Mr. Ryhope, croyez-moi : cette fois, les policiers vous mettraient la main au collet.

— Si je le veux bien!

— Pardon?

Malcolm montra le second bouton de son veston.

— Là-dedans, sir Archibald, il y a une capsule de cyanure qui permet de s'échapper de n'importe où quand on le désire... En mission, nous la gardons dans la bouche... Une fausse dent fait office de boîte. Je vous assure que, le cas échéant, personne ne m'arrêterait!

— Mr. Ryhope, penserez-vous que je mens si je vous dis que j'ai positivement horreur de me mêler des affaires d'autrui, alors que je ne fais pratiquement que cela depuis que je suis arrivé en Autriche? Aucune femme ne mérite qu'on se suicide ou qu'on finisse son existence en prison pour elle, surtout — si vous le permettez — des personnes du genre de Miss Wooler. Sur ce, vous voudrez bien m'excuser, mais je dois regagner mon hôtel. Heureux de vous connaître mieux, Mr. Ryhope.

Parce que Ruth songeait à son entretien avec Lowdham et que le baronet ne pouvait s'empêcher de réentendre la voix triste de Malcolm Ryhope, le déjeuner de sir Lauder et de sa femme fut des plus moroses. Lorsque les deux époux regagnèrent leur chambre, Ruth décida de mettre définitivement les choses au point.

— Ecoutez-moi, Archibald...

Le baronet qui lisait le *Times*, abaissa son journal et regarda sa femme d'un air interrogatif.

— J'estime, Archibald, que nous devons nous montrer d'une franchise totale vis-à-vis l'un de l'autre.

— Il me paraît, ma chère, que cela va de soi.

— Archibald, je crois qu'il serait vain de nous dissimuler plus longtemps que notre mariage a été une erreur... Je ne suis pas faite pour vivre dans votre milieu et vous n'êtes pas l'homme avec lequel je peux espérer vieillir. Ce n'est pas un blâme, Archibald, mais une constatation. D'ailleurs, dans votre échec, je porte la plus grande part de responsabilité. Je n'aurais pas dû vous cacher mon appartenance au MI. 5.

— Mais vous désiriez tellement devenir une lady!

— C'est vrai... Cependant, je me figurais vous aimer.

— Et vous êtes certaine, maintenant, de ne pas m'aimer?

— Pardonnez-moi, Archibald, mais... En effet, je ne vous aime pas.

— C'est terriblement ennuyeux cela, ma chère!

— Ah?

— Car moi, je vous aime en dépit de vos extravagances.

— Pardonnez-moi à votre tour, Archibald, mais vous vous trompez... Vous ne m'aimez pas. Vous vous imaginez m'aimer parce que je suis votre femme devant la loi et que, dans votre monde, on se doit d'aimer celle portant votre nom.

— Raisonnement un peu simpliste, je le crains. Où voulez-vous en venir, Ruth, après ce préambule?

— A vous prier de me rendre ma liberté.

— Ah...? Vous entendez retourner définitivement à la solitude?

— Non.

— Ah?... Le colonel Stockdale, sans doute?

— Non... Stockdale, c'est l'homme de mes rêves puisque je ne l'ai jamais vu et ne le verrai sans doute jamais. Je quitte le MI. 5, Archibald. Je ne suis décidément pas faite non plus pour cette existence.

— Permettez-moi de vous féliciter de cette sage décision.

— Je m'en vais pour épouser Terry Lowdham.
— Cette décision me paraît moins sage.
— Pour quelles raisons?
— Mais, ma chère, à quoi sert de quitter le MI. 5 si votre mari y appartient?
— Justement, Terry, enfin, Lowdham abandonne le service, lui aussi. Il a hérité une ferme dans le Dorset, « Les Trois Bouleaux », près de Yevol, une ferme qui lui a été laissée par un oncle. Nous y vivrons en exploitant le domaine.
— Philémon et Baucis en quelque sorte?
— Ne vous moquez pas, Archibald, ce ne serait pas digne de vous!
— Et Miss Wooler, dans tout cela?
Quelque peu embarrassée, Ruth déclara :
— Elle s'est monté la tête et a pris trop au sérieux ce qui n'était qu'un flirt.
— En somme, Lowdham s'en débarrasse comme vous vous débarrassez de moi? J'imagine que pour apaiser vos remords et donner un dénouement heureux à cette histoire, dans le fond assez sordide, il faudrait que j'épouse Annabel Wooler et nous irions passer le week-end dans le Dorset, au « Trois Bouleaux »... N'y comptez pas, ma chère, d'abord parce que je vous aime et ne puis en aimer une autre que vous, ensuite parce que Miss Wooler me dégoûte un tantinet, enfin parce qu'il y a un certain Malcolm Ryhope...
— Oh! celui-là, il va recevoir ce soir ou demain l'ordre de réintégrer Londres et de se mettre à la disposition de ses chefs. Jim Ferns établit un rapport accablant sur lui. Auriez-vous supposé qu'il fût le meurtrier du cordonnier

Krukel et donc le traître ayant vendu notre réseau hongrois.

— C'est ce que m'a déjà laissé entendre la charmante Miss Wooler, que Mr. Ryhope continue d'aimer... Mr. Ryhope et moi n'avons guère de chance avec les femmes.

— Terry voudrait vous parler si vous acceptez de me rendre ma liberté.

— Je ne pense pas, ma chère, qu'on puisse garder quelqu'un contre son gré. Avant de vous donner ma réponse, je souhaiterais en discuter avec maman. Je vais lui téléphoner.

Ruth eut un rire amer.

— Mon pauvre Archibald... Je vous annonce la fin de notre union et tout ce que vous trouvez à me répondre, c'est que vous allez demander l'avis de votre mère! Quand deviendrez-vous donc un homme, Archibald?

Ne tenant sans doute pas à ce que sa conversation avec lady Elizabeth courût le risque d'être surprise par une employée au standard de l'hôtel, sir Archibald s'en fut à la poste pour téléphoner à Londres. Quand il revint, une heure plus tard, il annonça à sa femme :

— Maman s'est montrée — du moins si j'en dois juger au timbre de sa voix — fort surprise de votre décision, ma chère. Elle m'a demandé de la laisser réfléchir. Elle me rappellera. C'est une vieille dame, sans doute, mais de beaucoup d'expérience.

Ruth ironisa :

— Qu'elle a amassée, où?

— Maman a rencontré beaucoup de gens au cours de sa vie!

— Des gens sans aucun souci matériel! Dont les plus graves problèmes tenaient à des questions d'amour-propre, de préséance ou plus vulgairement d'adultère.

— Oh! insinueriez-vous que maman...?

— Votre mère et vous, Archibald, avez toujours vécu comme des taupes! En dehors de la vie!

Le téléphone sonna, interrompant net une discussion tournant à l'aigre. Le baronet prit l'appareil et tout de suite le tendit à sa femme.

— Pour vous, Jim Ferns.

Ruth écouta ce que lui disait son chef. Archibald vit la bouche de lady Lauder s'arrondir sous l'effet de la stupeur avant qu'elle ne parvienne à dire :

— Non?... Oh! mon Dieu!...

Elle raccrocha lentement.

— Archibald... Annabel Wooler est morte.

— Quoi?

— Etranglée.

— Mais c'est d'une vulgarité! Et qui a...?

— Malcolm Ryhope.

CHAPITRE VII

Ils se regardèrent, écrasés par cette nouvelle. Le baronet soupira :

— Comment sait-on que c'est Ryhope l'assassin?

— On l'a trouvée dans sa chambre dont elle possédait une clé.

— Eh bien! en voilà une au moins qui a fini de se poser des questions... A-t-on arrêté Ryhope?

— Non. Il est en fuite... J'espère qu'on le rattrapera!

— Moi, j'espère qu'il échappera.

— Archibald! Est-ce bien vous qui vous élevez contre la loi?

— Ma chère, j'estime que ce malheureux porte en lui son propre enfer... Et la plus terrible punition serait de l'abandonner à lui-même. Et puis, je vous trouve bien ingrate à son égard, Ruth?

— Ingrate?

— En éliminant Annabel Wooler, il a déblayé la route vous menant à Terry Lowdham, non?

— Comment osez-vous? En un pareil moment! Archibald, vous manquez de tenue.

Le baronet se fit soudainement tendre.

— Ruth, cette mort ne vous incite-t-elle pas à penser que l'existence est peut-être autre chose qu'un séjour dans le Dorset avec un gentleman-farmer, darling? Je suis disposé à tous les efforts pour que vous m'aimiez... car... je serais très malheureux si vous me quittiez.

— Je regrette, Archibald, mais maintenant je vous connais bien. Les femmes jugent rarement leurs compagnons, mais quand elles s'y risquent, c'est définitif, dans un sens ou dans l'autre. Croyez-moi, Archibald, votre avenir est auprès de votre maman. Votre vraie place est dans son salon ou à votre club, à prendre le thé avec les ladies si distinguées ou à discuter les difficultés comparées de la pêche à la mouche ou à la fourchette.

— A la cuillère.

— A la cuillère, si vous voulez. Vous avez réussi, jusqu'ici, à vous tenir à l'écart de la vie. Restez-y. Vous n'êtes pas bâti pour la bagarre.

— Peut-être avez-vous raison...

— Vous savez très bien que j'ai raison.

— Maintenant que le coupable que vous êtes venue chercher est démasqué, plus rien ne vous retient à Vienne? Nous partirons quand vous le voudrez...

— Archibald, recevrez-vous Terry Lowdham?

— Ce sera le dernier sacrifice que vous me demanderez. Je ne puis décemment vous le refuser.

— Quand?

— Disons demain vers dix-sept heures?

*
* *

Ruth rejoignit Terry au Volksgarten pour lui porter la bonne nouvelle. Lowdham proposa à sa compagne de se faire conduire en fiacre au Prater, mais elle refusa, ayant promis à Archibald de prendre le thé en sa compagnie.

— C'est le moins que je puisse lui accorder pour le remercier de sa compréhension de sa gentillesse. Parlez-moi de cette malheureuse Annabel, maintenant?

Lowdham se passa la main sur le visage comme pour en écarter une vision tenace.

— Je me croyais apte à supporter la vue de tous les cadavres, mais cette pauvre petite complètement défigurée par la mort, avec son visage boursouflé, ses yeux saillant hors des orbites, sa langue énorme... On n'a pas le droit! Non, on n'a pas le droit! Malcolm a perdu la tête! Il est devenu fou!

— Comment l'a-t-on découverte?

— Une voisine qui parvenait au palier où donnent son appartement et celui de Ryhope. Elle a vu la porte de ce dernier s'ouvrir brusquement, Malcolm bondir littéralement et dégringoler les escaliers à toute vitesse en oubliant de refermer derrière lui. D'après le récit de la locataire, il paraissait vraiment épouvanté. Alors, poussée par la curiosité, elle appuya sur la porte demeurée entrebâillée. Presque tout de suite, elle aperçut le corps d'Annabel et se mit à hurler. En bref, dix minutes plus tard, les flics étaient là, en moins d'une demi-heure tous les services de la Kriminalpolizeï alertés envoyaient leurs éléments précurseurs alors qu'on avertissait le consulat. Ferns m'a envoyé reconnaître la dépouille mortelle d'Annabel Wooler qui ne méritait pas un pareil destin. Il s'affirme beaucoup trop tragique pour elle. Il y a dans cette fin pitoyable, une démesure qui, tout à la fois, m'indigne et me choque.

— L'enterrera-t-on ici?

— Provisoirement. Je pense que sa famille, demeurant dans le Yorkshire, fera rapatrier le corps. Ah! Ruth, cette horrible histoire me donne plus encore le goût de m'en aller, de quitter cette existence où de pareilles aventures peuvent arriver aux plus innocents.

— Et Malcolm, en a-t-on des nouvelles?

— Non. Il doit se terrer dans quelque coin, mais tôt ou tard, il sera obligé de réapparaître, alors la police l'empoignera.

— Que dit Ferns?

— Rien... Il avait une affection profonde pour Ryhope, mais tout de même, je continue à ne pas comprendre sa position. Imaginez-vous ce qu'il m'a dit quand je suis revenu de la chambre de Ryhope? « Il serait à souhaiter, Lowdham, qu'un de nous deux rencontre Malcolm et l'abatte avant que les policiers ne l'agrippent. »

— Afin qu'il échappe à une justice qui n'est pas la nôtre?

— Ou pour l'empêcher de parler?

— Terry! Vous ne voulez pas insinuer que...

— Ne me posez pas de questions, Ruth, je vous en prie! Je ne sais plus moi-même où j'en suis! Ah! l'air du Dorset! Il me semble que je ne le respirerai jamais!

Le désarroi de ce grand garçon, semblant complètement désemparé devant une mort injuste en dépit de tout ce qu'il avait enduré, de tout ce qu'il avait infligé aux autres, au cours de sa carrière, bouleversait Ruth qui se sentait gagnée par une espèce de tendresse maternelle submergeant l'amour qu'elle portait déjà à Terry. Elle aurait voulu le prendre dans ses bras, sur ce banc du Volksgarten et le serrer très fort contre elle comme on étreint, pour le rassurer, un enfant effrayé. Mais les promeneurs n'auraient pas compris et se seraient scandalisés. Elle se contenta de lui prendre la main et de la tenir dans la sienne pour lui dire qu'elle partageait son angoisse, mais qu'à eux deux ils pourraient tout surmonter.

Le baronet, fidèle au rendez-vous donné par téléphone, se présenta à la poste à l'heure fixée et fut presque tout de suite appelé. Il s'enferma dans une cabine téléphonique et entreprit une longue conversation dont il émergea souriant et presque détendu.

Regagnant l'hôtel, on l'avertit à la réception qu'un monsieur l'attendait dans le salon. Un instant, sans la moindre raison, il pensa qu'il s'agissait de Ryhope. Ce n'était que le commissaire Hagenbrecht.

— Vous! Monsieur le commissaire?

— Je vous dérange?

— Pas le moins du monde.

— Vous m'en voyez ravi.

— Puis-je vous demander à quoi je dois le plaisir de votre visite?

— A la simple curiosité.

— Vraiment?

— Vraiment! Vous allez peut-être rire, sir Archibald Lauder, mais je m'interroge sur cet étonnant hasard qui vous met sans cesse en présence de cadavres, de gens que l'on va tuer ou que vous vous apprêtez à tuer?

— Vous voudrez bien m'excuser, mais je ne saisis pas?

— Très facile, pourtant. Vous vous rendez à Graz et vous entrez dans une boutique de cordonnier de troisième ordre, une de ces boutiques que vous ne fréquentez vraisemblablement jamais à Londres. Vous y trouvez le cordonnier assassiné, et votre femme attachée sur une chaise. Un esprit quelque peu pointilleux pourrait s'interroger sur ce que lady Lauder venait chercher auprès de ce minable Krukel? Mais passons... Un individu se présente et, comme ça, en guise de divertissement j'imagine, vous lui fendez le crâne avec une hachette se trouvant miraculeusement à votre portée. Tout cela est d'une logique parfaite, non?

— Où voulez-vous en arriver?

— A ceci, sir Archibald Lauder : si, en haut lieu, on se contente facilement des explications farfelues que vous donnez à ces morts violentes, moi je ne m'en contente pas!

— Croyez bien que j'en suis navré.

— Etes-vous également navré d'avoir été la dernière personne à avoir vu Miss Wooler vivante?

— Avant le meurtrier cependant.

— Pour vous répondre, il faudrait que je sache qui est ce meurtrier!

— Et, à votre avis, ce pourrait être moi?

— Pourquoi pas?

Le baronet, l'air visiblement navré, secoua la tête.

— Monsieur le commissaire, je crains que vos connaissances sur l'Angleterre. ne vous aient été enseignées par un humoriste. Je vous affirme, quoi que vous en puissiez croire, que la « gentry » de mon pays n'a pas inscrit l'assassinat au nombre de ses divertissements.

Hagenbrecht se leva, très raide.

— Rien d'autre à me dire, sir Archibald Lauder?

— Tout ce que je puis vous assurer, c'est que je n'ai l'intention d'assassiner personne ce soir.

Le policier regarda le baronet dans les yeux et décréta :

— Je n'en suis pas tellement sûr. Je vous salue!

— Je vous salue de même, monsieur le commissaire.

Débarrassé d'Hagenbrecht, sir Archibald s'apprêtait à regagner ses appartements lorsqu'on l'avertit qu'il était appelé au téléphone. Il crut que Ruth lui annonçait qu'elle ne pouvait venir prendre le thé avec lui. Il entendit la voix de Malcolm Ryhope.

— Sir Archibald?

— Oui.

— Ne prononcez pas de nom! Vous reconnaissez ma voix?

— Bien sûr.

— Naturellement, vous êtes au courant?

— Naturellement.

— Ce n'est pas moi, sir Archibald!

— Ah?

— Je vous en donne ma parole!

— Pourquoi?

— Pourquoi, quoi?

— Pourquoi à moi? Je n'ai rien à voir dans cette affaire et je ne saurais vous être d'aucun secours.

— Si!

— Mais voyons! Adressez-vous à... A votre patron?

— Impossible! Il ne me croirait pas... Et ce serait trop dangereux pour moi. Je vous assure que vous êtes le seul capable de me tirer de ce guêpier où l'on m'a flanqué.

— Bon... Eh bien! dites-moi ce que vous désirez?

— Vous parler.

— Quand? Où?

— Ce soir à neuf heures, au Prater, à la gare du Liliputbahn.

— Pas moyen de trouver quelque chose de plus près?

— Je ne pense pas que la police serait d'accord.

— Entendu, à ce soir, mais c'est bien pour vous être agréable!

Fortement intrigué, le baronet raccrocha. Que lui voulait Ryhope? Au fond, il était ému que le fugitif ait pensé à lui pour l'aider. Il y avait donc quelqu'un pour le prendre au sérieux?

Ruth, voyant entrer son mari dans leur chambre, téléphona pour commander le thé.

— Bonne promenade, Archibald?

— Ma foi... Et vous?

— Excellente!

— Cela se voit, ma chère, à votre regard qui brille. Alors, toujours décidée à partir élever des moutons?

— Plus que jamais!

— La joie vous rend cruelle.

— Pardonnez-moi, Archibald. Je n'ai pas l'intention de vous peiner. Votre mère vous a-t-elle téléphoné?

— Oui... Pauvre chère maman. Je l'ai sentie complètement désemparée. Elle ne comprend pas. Moi non plus, d'ailleurs. Bien sûr, je n'ai pas fait allusion à votre passion soudaine pour les travaux champêtres. Elle est persuadée que ce n'est qu'une crise passagère et que nous lui reviendrons plus unis que lorsque nous avons quitté Londres... En bref, elle s'est imaginé que je lui téléphonais uniquement pour qu'elle me console, à la suite d'une simple brouille... J'avoue ne pas avoir eu le courage de la détromper complètement. Il sera toujours temps de la mettre au courant.

— Je me demande d'ailleurs pourquoi vous avez cru nécessaire de lui téléphoner!

— Une habitude ancienne dont je vous ai parlé...

— Voilà justement, je pense, la cause profonde de notre mésentente, Archibald. Vous vivez dans une trame si serrée de traditions, qu'il n'y a vraiment pas place pour une étrangère.

— Et vous n'estimez pas qu'il me soit possible de changer, chère?

— Impossible. Je vous l'ai dit, Archibald, je vous connais bien. Au surplus, je n'y ai aucun mérite, vous avez la transparence du verre.

— En vérité?

— Un homme doux, bon, j'en suis sûr, profondément égoïste et persuadé que ce qui ne l'intéresse pas ne saurait intéresser personne, détestant la vulgarité sous toutes ses formes, croyant de bonne fois que la gentry londonienne représente le sel de la terre, ignorant les misères de la vie ou mieux refusant de les voir pour n'avoir pas à s'en soucier, n'admettant l'effort physique que sous forme de matches de cricket et tenant les femmes pour des êtres secondaires qui doivent borner leurs ambitions et leurs aspirations à servir fidèlement leur mari. En tout cas, pas le compagnon sur lequel une femme, disposée à se battre, peut compter. Oh! je sais! Vous me direz qu'en devenant lady Lauder je n'avais plus à me battre, mais figurez-vous, Archibald, que la vie il faut que je l'empoigne à pleines mains, que je l'étreigne pour m'obliger à me donner tout ce que j'exige d'elle! Et cela, l'épouse de sir Archibald Lauder, la belle-fille de lady Elizabeth Lauder ne peut se le permettre sous peine de manquer aux convenances!

— Vous êtes une excellente psychologue, ma chère.

— Oh! vous n'êtes pas difficile à comprendre, Archibald. J'espère ne pas vous avoir blessé?

— Ruth... J'ai pourtant tué un homme sous vos yeux?

— Par hasard, vous-même me l'avez assuré... Simple réflexe de défense, d'indignation. Vous n'avez pas abattu ce Hongrois parce qu'il me menaçait, mais bien parce qu'il avait — en vous traitant comme il le fit — bousculé, piétiné vos chères traditions. Est-ce que je me trompe?

— Peut-être que oui, peut-être que non... Vous paraissez me connaître mieux que je ne me connais moi-même. Dans ces conditions, c'est à vous de répondre à votre propre question.

— En vous demandant de me rendre ma liberté, Archibald, j'y ai répondu par avance.

On frappa à la porte. Le serveur entra, poussant la table roulante où étaient posés la théière, les tasses, le pot d'eau chaude, celui du lait et les gâteaux au chocolat, gloire de la pâtisserie viennoise. Si Ruth semblait avoir l'appétit capricieux, le baronet, au contraire, mangeait avec une conviction faisant plaisir à voir. Sa femme ne put s'empêcher de rire.

— Il se peut que vous éprouviez quelque peine de notre échec conjugal, Archibald, mais, grâce à Dieu, je constate que cela ne trouble pas votre belle santé.

Le baronet reposa sa tasse, essuya ses lèvres avant de déclarer :

— On m'a toujours enseigné à bien séparer ce qui relève du corps et ce qui vient de l'âme.

— Des leçons que vous avez parfaitement assimilées.

Dans la voix de Ruth vibrait une légère nuance de commisération méprisante qu'Archibald dut deviner, car il parut confus. Une fois encore, la sonnerie du téléphone créa une diversion. Ferns demandait à Ruth s'il pouvait passer la voir dans cinq minutes. Elle répondit que oui. Ellc rapporta cette surprenante visite à son mari qui se leva.

— Je ne tiens pas à rencontrer Mr. Ferns ni à connaître vos secrets. J'espère que cet individu ne va pas encore vous engager dans des histoires impossibles. Je descends au salon de l'hôtel lire mon journal. Vous m'y téléphonerez, s'il vous plaît, quand vous en aurez terminé.

— Entendu.

Au moment de sortir, il se retourna.

— Pendant que j'y pense, ma chère, je ne pourrai pas dîner avec vous tout à l'heure.

— Ah?

— J'ai rendez-vous dans un endroit impossible, à neuf heures... Au Prater! Vous vous rendez compte! A la gare du Liliputbahn!

— Mais... Avec qui?

— Avec Malcolm Ryhope.

Il sortit avant qu'elle ne fut revenue de sa surprise.

Du salon où il s'était installé, le baronet vit arriver Jim Ferns. La visite de ce dernier à Ruth ne dura guère plus d'un quart d'heure. Tout de suite après son départ, un groom avertit sir Archibald que lady Lauder le priait de la rejoindre. La jeune femme paraissait excessivement nerveuse et le baronet s'en inquiéta.

— Ferns vous aurait-il apporté de mauvaises nouvelles?

— Non, non... Il est simplement venu nous prier d'assister à l'enterrement provisoire d'Annabel Wooler pour qu'elle ne parte pas trop seule.

— Vous avez accepté, n'est-ce pas?

— Bien sûr... Ecoutez-moi, Archibald, je crains que vous ne vous engagiez dans des aventures vous dépassant!

— Pardon?

— Qu'est-ce que c'est que cette histoire de rendez-vous avec Ryhope?

— Mais... Il m'a téléphoné pendant que vous vous trouviez avec Mr. Lowdham et m'a prié de le rencontrer.

— Et vous avez accepté!

Il lui jeta un regard de surprise.

— Je ne vous comprends pas, ma chère?

— Enfin, vous n'ignorez pas que Ryhope est recherché par la police!

— Et alors?

— Le rencontrer peut être assimilé à une complicité.

— Et alors?

— Mais vous êtes insensé, Archibald! Ryhope est un assassin! Vous n'avez pas le droit de l'aider!

Le baronet vissa son monocle dans son orbite et déclara en toute simplicité :

— Ma très chère Ruth, il est possible — ainsi que vous avez eu la franchise de me le souligner — que je ne sois pas très intelligent. Il est certain — comme vous l'avez assuré — que je ne goûte pas tellement les batailles de rues, les cadavres et autres choses de cette sorte. Il est vrai que je n'approuve absolument pas le métier que vous croyez devoir accomplir, mais je me souviens qu'au collège, lorsque j'étais enfant, on m'a enseigné de ne jamais refuser de tendre la main à celui vous appelant au secours. Ce n'est pas Malcolm Ryhope, meurtrier présumé d'Annabel Wooler, que je me propose de rencontrer, mais l'homme seul, traqué, et qui, dans sa solitude, a pensé à moi. Et pour ne rien vous cacher, ma chère, je ne me figurais pas qu'un être dans l'angoisse, puisse me demander de lui porter secours.

— En somme, vous agissez par vanité?

— Plus simplement, disons que je suis content de constater que tout le monde ne partage pas votre opinion à mon égard. Il est vrai que vous êtes heureuse et que Ryhope est malheureux... Voyez-vous, Ruth, l'éducation, la tradition, que vous moquez si cruellement à travers ma personne ont quand même leur bon côté : elles vous apprennent de quelle façon vous conduire dans les moments difficiles. Les Anglais ont eu souvent des imbéciles à la tête de leurs troupes, mais sur les champs de bataille, ces gens-là se sont toujours bien conduits parce qu'ils étaient des gentlemen.

Ruth encaissa la leçon et, durant le reste de l'après-midi, un soupçon germa dans son esprit et qui la gêna : avait-elle aussi bien qu'elle s'en vantait, compris la mentalité de sir Archibald?

L'obscurité régnait lorsque le baronet descendit du tram A qui le déposa à la Praterstrasse. Il avait estimé préférable de n'éveiller aucune attention en empruntant les transports en commun. De la Praterstrasse, il se dirigea vers le Praterstern dont le centre est occupé par la statue de l'amiral Tegetthef. De là, il empruntait la Hauptallée lorsqu'il entendit l'écho d'un coup de feu. Il hâta son allure, mais au moment d'arriver à la gare miniature, il faillit être renversé par une automobile lui fonçant dessus et qu'il eut toutes les peines du monde à éviter. Il courut vers le lieu du rendez-vous et, d'abord, ne vit personne quoiqu'il fût neuf heures juste. Se dissimulant du mieux qu'il pouvait, sir Archibald tendait l'oreille avec l'espoir d'attraper, dans le vent pointu venant du vieux Danube, le bruit furtif signalant l'arrivée de Ryhope. En vain. Alors, il pénétra dans la gare lilliputienne. Avec sa lampe électrique, il inspecta autour de lui et eut un haut-le-corps en découvrant Ryhope allongé sur le sol. Le faisceau lumineux glissant le long du bras arriva à la main de Ryhope armée d'un revolver. Sir Archibald éclara le visage de Malcolm et, le vit couvert de sang. Il s'agenouilla. Le pauvre amoureux d'Annabel Wooler avait rejoint sa bien-aimée. Le MI. 5 pouvait être tranquille, son agent perdu ne parlcrait pas, ne révélerait aucun secret. La balle, entrée au-dessus de l'oreille droite, presque dans le crâne, était ressortie de l'autre côté sous la partie gauche du maxillaire inférieur. Le baronet se relevait lorsqu'une voix rude s'enquit :

— Qu'est-ce que vous fichez là, vous?

En même temps, la lumière d'une lampe électrique puissante giclait dans la figure d'Archibald. La question fut immédiatement suivie d'une exclamation étouffée, car l'agent à son tour découvrait le cadavre. Il dégaina presque aussitôt son pistolet et le braqua sur l'Anglais.

— Ne bougez pas ou je tire! Levez les bras!

— Vous croyez vraiment que c'est utile?

— Faites ce que je vous dis, tonnerre de Dieu!

Le baronet s'exécuta tout en maugréant :

— Je n'ai décidément pas de chance avec la police autrichienne.

— Taisez-vous! Pourquoi avez-vous tué cet homme? Vous refusez de répondre?

— Il faudrait s'entendre, monsieur! Vous m'ordonnez tout à la fois de me taire et de parler. Je vous serais obligé de m'enseigner la manière dont on s'y prend?

— Cheval de retour, hein? Attends, mon garçon, tu ne perds rien pour attendre.

L'agent porta un sifflet à ses lèvres et en tira des sons que sir Archibald jugea d'une puissance étonnante.

— Vous ne voudriez pas...

— Ta gueule!

— Je n'admets pas qu'on me parle sur ce ton!

— Tu n'admets pas, hein? Qu'on arrive au poste et c'est à coups de pied que je te parlerai, assassin!

Un bruit confus annonça l'arrivée de la patrouille. Le chef écouta le bref rapport de son subordonné et ordonna au baronet de se coller contre le mur avant d'envoyer un de ses agents téléphoner aux services compétents. Personne n'osa toucher au cadavre, laissant le soin de ce travail peu ragoûtant au médecin légiste. Bientôt, on perçut des ronflements de moteurs et toute une foule de gens de justice envahit la gare lilliputienne. Pendant que le docteur s'agenouillait près du mort, le commissaire s'en fut interroger le baronet qui, le nez contre le mur, commençait à trouver le temps long.

— Retournez-vous!

L'Anglais obéit. Hagenbrecht poussa un cri où la surprise et la joie se mélangeaient en proportions égales pour donner une sorte de barrissement.

— Vous!

Sir Archibald s'inclina.

— Je suis heureux de vous rencontrer à nouveau.

— Et moi donc! Alors, sir Archibald Lauder, de quelle façon vous en tirerez-vous, ce coup-ci?

— Me tirer de quoi?

— De ce nouveau meurtre?

— De ce... Ah! parce que vous pensez que c'est moi qui...?

— Je voudrais bien savoir comment vous pourriez nier alors qu'il s'agit presque d'un flagrant délit?

— Monsieur le commissaire, me prendriez-vous pour Jack l'Eventreur, par hasard?

— Ecoutez-moi, mon ami, je veux bien admettre que le hasard joue une fois, deux fois à la rigueur, mais trois fois, non! Vous allez à Graz : deux morts et l'on n'a que votre parole pour ne vous attribuer qu'un seul de ces deux cadavres. A Vienne, vous avez rendez-vous avec une jeune femme, quelques heures plus tard elle se fait étrangler et vous nous répondez : que sais-je? Enfin, vous vous rendez à une heure impossible au Prater, à une heure où vous êtes assuré de ne rencontrer personne, vous gagnez cet endroit où nul n'a jamais mis le pied la nuit et, bien entendu, un type assassiné vous y tient compagnie. Vous jugez tout cela normal, vous?

— A la vérité, non.

— Tout de même! Pour quelles raisons avez-vous tué ce bonhomme?

— Je ne l'ai pas tué.

— Naturellement!

— Naturellement.

— Voyons, sir Archibald Lauder, ce n'est pas par hasard que vous êtes venu au Prater à une heure où tout le monde est chez soi, au café ou au spectacle; ce n'est pas par hasard que vous avez pénétré dans cette maisonnette; ce n'est pas par hasard que vous y avez trouvé cet homme!

— J'avais rendez-vous avec lui.
— Enfin... Quel est le nom de votre victime?
— Malcolm Ryhope.
— Mal... Mais c'est celui du...
— ... Celui du meurtrier présumé de Miss Wooler.
— Vous aviez rendez-vous avec lui?
— J'ai eu l'honneur de vous le dire.
— Et vous ignoriez qu'il était recherché par la police?
— Non.
Hagenbrecht déclara d'une voix presque amicale :
— Peut-être ne savez-vous pas quel nom nous donnons au fait de ne pas dénoncer un criminel?
— Complicité.
— Exactement. Mais nous nous entendons très bien, dites-moi?
— Puis-je me permettre une question, monsieur le commissaire?
— Allez-y?
— Quel nom donne-t-on en Autriche à l'ami qui trahit l'ami dans la détresse? Et, quelles que soient les accusations pesant sur lui, le livre à la police? En Grande-Bretagne nous affirmons que c'est un lâche. Les gens mal élevés ajoutent que ce sont aussi des salauds. De plus, nous poussons le respect de l'amitié jusqu'à prétendre que ceux approuvant ces lâches et ces salauds, sont également des lâches et des salauds.
— Ecoutez-moi, sir Archibald Lauder, vous vous êtes bien permis, par personne mythique et interposée, de m'insulter?
— Je ne me le permettrais pas, monsieur le

commissaire. Nous ne sommes pas en Angleterre, mais en Autriche. Vous ne pratiquez sans doute pas la même philosophie de l'amitié que nous. Chaque peuple a ses mœurs, n'est-ce pas?

— Et si je vous flanquais mon poing dans la figure pour vous apprendre à vous foutre de moi?

— Dans ce cas, vous auriez intérêt à appeler des renforts, parce que si vous vous permettez de lever la main sur moi, je vous envoie à l'hôpital.

— Vous me menacez maintenant?

Le baronet changea de ton.

— Monsieur le commissaire, vous commencez à me fatiguer. Je ne répondrai plus à vos questions. J'attendrai d'être interrogé par quelqu'un d'intelligent.

Hagenbrecht se mit à hurler :

— Je vous arrête! Vous entendez? Je vous arrête pour meurtre commis sur la personne de...

A cet instant le médecin légiste s'approcha du commissaire et lui chuchota :

— Attention, Hagenbrecht!

— Mêlez-vous de vos affaires, docteur! Quant à vous, sir Archibald Lauder...

— Quant à moi, monsieur le commissaire, je suis sujet britannique, vous ne devriez pas l'oublier.

— Vous seriez le cousin de la reine d'Angleterre que ce serait la même chose!

Le médecin légiste plia ses affaires, referma sa trousse et annonça :

— Vous pouvez faire transporter le corps à la morgue. Je l'autopsierai demain matin.

— Le temps me dure d'avoir votre rapport.

— Vous l'aurez en fin de matinée, mais je peux déjà vous annoncer que ce n'était vraiment pas la peine de mener tout ce tapage, le type s'est suicidé. Bonsoir!

Hagenbrecht parut frappé par la foudre. Quand il reprit son souffle, le docteur s'apprêtait à franchir le seuil de la maisonnette. Il lui courut après et lui empoigna le bras.

— Vous êtes sûr?

— De quoi?

— Qu'il s'est suicidé?

— Parce que vous tenez aussi à m'apprendre mon métier?

Il se dégagea et s'en fut, laissant le commissaire complètement désemparé. Sir Archibald s'approcha :

— Je pourrais exiger des excuses, monsieur le commissaire, mais je suis bon prince. Bonsoir...

Hagenbrecht ne lui répondit pas.

Le baronet mit plus d'une heure pour regagner le *Kaiserin Elisabeth*. Il marcha longtemps, ayant besoin de se détendre après la scène qu'il venait de vivre.

Lorsque sir Archibald pénétra précautionneusement dans sa chambre, Ruth dormait. Il se glissa silencieusement dans la salle de bains, s'y déshabilla et, après une rapide toilette, se coucha, mais sa femme s'éveilla et alluma sa lampe de chevet.

— Archibald! Enfin! Mais où étiez-vous passé?

— Je suis revenu à pied du Prater.

— Vous avez appris la nouvelle?

— Laquelle?

— Malcolm Ryhope s'est suicidé. Ferns a téléphoné avant de se rendre à la morgue.
— Oui, je suis au courant.
— Il s'est suicidé après votre entrevue?
— Non.
— Non?
— Lorsque je suis arrivé, Ryhope avait déjà été tué.

CHAPITRE VIII

Ruth ne réalisa pas tout de suite ce que la réponse du baronet avait d'insolite. Quand enfin elle en prit conscience, elle jaillit hors du lit et, oubliant sa tenue sommaire, secoua sir Archibald qui déjà s'endormait.

— Qu'est-ce que vous avez dit, Archibald? Qu'est-ce que vous avez dit?

— Hein? Quoi? Qu'arrive-t-il?

La jeune femme se rendit compte à cet instant de la légèreté de sa tenue et songea que — bien qu'elle portât encore le nom du baronet — Terry ne serait sûrement pas très content de cette intimité vestimentaire. Elle courut enfiler sa robe de chambre et revint s'asseoir au chevet d'un époux faisant plutôt grise mine.

— Vous refusez de me laisser reposer, très chère?

— Ce n'est pas le moment!

Effaré, sir Archibald jeta un coup d'œil à sa pendulette de voyage et constata qu'il était près de minuit. Il répéta :

— Ce n'est pas le moment — Et à quelle heure est-ce donc le moment, je vous prie?

— La question n'est pas là!

— Pardon! Je trouve, que minuit est...

— Archibald, cessez de jouer les innocents. Vous savez très bien que votre réflexion concernant la disparition de Malcolm Ryhope nécessite une explication?

— Mais par tous les Saints, très chère, quelles explications souhaitez-vous que je vous donne? Je vous repète que lorsque je suis arrivé au rendez-vous que votre collègue m'avait fixé, il était mort. On l'avait tué.

— Justement!

— Justement quoi, Ruth?

— La radio a annoncé qu'il s'était suicidé. C'est donc que le médecin légiste en a décidé ainsi.

— Sans doute.

— Et, vous, vous prétendez qu'on a assassiné Ryhope, n'est-ce pas?

— Oui.

— Donc, le médecin est un âne?

— Mais non, plus simplement un homme de mauvaise humeur qu'on a sorti de table et qu'on a obligé à examiner, dans un endroit mal éclairé, un cadavre tenant un revolver à la main et portant des traces de poudre autour de la plaie d'entrée de la balle. Il a conclu tout naturellement au suicide, se réservant de donner officiellement son rapport lorsque les services compétents auront constaté que le pistolet tenu par Malcolm a été utilisé récemment et se seront assurés que la balle — vraisemblablement découverte demain matin par les policiers qui la rechercheront —

est bien sortie de l'arme personnelle de notre compatriote. Et ce sera terminé.

— Archibald, par quel miracle êtes-vous au courant de toutes ces choses?

— J'ai lu pas mal de romans policiers.

— Et ainsi que dans les romans policiers, le génial amateur relève de l'erreur commise par la police et démasque le meurtrier?

— Je n'irai pas si loin. Mais il se trouve, très chère, que j'ai le triste privilège d'avoir vu dans ma vie, deux hommes et une femme qui se sont suicidés en se flanquant une balle dans la tête et de la manière la plus classique si vous me permettez cette expression.

— Eh bien?

— Eh bien! Jamais aucun des corps n'a présenté une blessure comme celle de Malcolm. Pour admettre le suicide, il faudrait supposer que Ryhope a levé le coude droit jusqu'à la verticale, ce qui est absurde. Par contre, si quelqu'un lui avait appuyé le canon d'un pistolet sur le côté du crâne, alors qu'il se trouvait assis, nous aurions exactement le genre de blessure qu'il porte.

— Je pense que quelqu'un sur le point de se tuer, ne contrôle pas tellement ses gestes. Allons, je crois que je me suis inquiétée pour rien. Ce n'est qu'une déduction quelque peu tirée par les cheveux. Vous n'êtes pas du tout certain que Malcolm ne se soit pas suicidé.

— Oh! si. Et je le serai jusqu'à ce qu'on m'explique pour quelles raisons un garçon portant sur lui un comprimé de cyanure susceptible de l'expédier dans l'autre monde sans bruit, juge utile de se tuer d'un coup de revolver dans un endroit impossible? D'autant plus que ce matin, ce même homme m'avait confié qu'au cas où il désirerait en finir avec la vie, il userait du cyanure.

— Mais qui vous permet de croire qu'il possédait encore ce comprimé? Peut-être l'avait-il perdu? Egaré?

— Non, le voilà.

Le baronet tendit à sa femme le bouton du veston du mort.

— Un bouton?

— Il se dévisse.

Ruth parvint à le dévisser et découvrit une cavité contenant un comprimé. Elle regarda son mari, effrayée.

— Où... Où avez-vous eu ce bouton?

— Je l'ai arraché au veston de Malcolm Ryhope.

— Pourquoi?

— J'estime que pour vos amis, il est préférable que la police autrichienne admette la thèse du suicide.

Accablée, Ruth ne savait plus que dire et le baronet lui conseilla doucement :

— Vous devriez vous coucher.

— Je ne pourrai pas dormir... Archibald?

— Oui?

— Qui a assassiné Malcolm?

— Probablement le meurtrier de Miss Wooler.

— Parce que vous ne croyez pas que ce soit Malcolm qui...?

— Si Ryhope avait dû tuer Annabel, il n'aurait pas attendu tout ce temps pour le faire.

— Mais qui? Qui?

— Quelqu'un ayant agi avec l'aide d'un complice.

— D'un complice?

— D'un complice involontaire et que je connais.

— Que vous connaissez? Alors, je vous en supplie, Archibald, révélez-moi son nom?

— Lady Ruth Lauder.

— Qui?

Elle s'était brusquement rejetée en arrière, semblant être prise de panique. Le baronet lui prit la main.

— Réfléchissez, ma chère... Malcolm Ryhope me téléphone pour me donner rendez-vous et il m'envoie au Prater à une heure avancée parce qu'il se sait traqué. Il est donc probable qu'il n'a parlé de ce rendez-vous à personne puisqu'il est en fuite. Par contre, moi j'en ai parlé à quelqu'un, vous, Ruth.

Elle balbutia :

— Vous... vous ne pensez... tout de même... pas que... que c'est moi qui...

Il lui sourit.

— Rassurez-vous, je ne vous tiens pas pour une meurtrière si c'est ce que vous voulez me demander. Mais vous, très chère, à qui en avez-vous parlé?

Elle hésita et, d'une voix brisée :

— A Jim Ferns.

— Voilà.

Comme si elle se parlait à elle-même, Ruth énumérait :

— Ferns ne nous a pas avertis qu'il allait à Graz et quand il a appris que nous étions au courant, il a tout rejeté sur Ryhope qu'il prétendait beaucoup estimer... Hier soir, Terry est venu dîner tard, car il avait dû attendre le retour de

Ferns qui ne lui a pas confié où il s'était rendu... Il n'y a que la mort d'Annabel qui ne s'explique pas... Il est vrai qu'elle était toute dévouée à Ferns... Peut-être la pauvre fille avait-elle deviné? Il ne serait pas impossible que, décidé à s'en débarrasser, il lui ait conseillé de rendre visite à Ryhope... Il sait ce dernier absent, tue Annabel et automatiquement on met le meurtre sur le compte de l'amoureux délaissé. Quand je lui ai révélé que vous aviez rendez-vous avec Malcolm, il a dû être affolé... Ainsi, Archibald, vous pensez, vous aussi, que Jim Ferns est le traître que Londres m'a envoyé démasquer?

— Vous en connaissez autant que moi, ma chère.

— Et maintenant, que décidez-vous?

— Dormir, si vous n'y êtes vraiment pas opposée.

— Dormir! Alors que nous pouvons confondre un misérable?

— Ce ne sont pas mes affaires!

— Vous êtes monstrueux d'indifférence! D'égoïsme!

— Enfin, pourquoi tenez-vous absolument à ce que je me mêle sans cesse de ce qui ne me regarde pas? Maman m'a toujours dit...

— La barbe, avec votre mère!

Interloqué par cette réflexion n'entrant point dans le vocabulaire des ladies qu'il fréquentait, le baronet se tut.

— On tue, on trahit et tout ce que vous trouvez à dire, c'est : « Cela ne me regarde pas. » Mais vous êtes donc anormal, Archibald?

— Anormal? Qu'entendez-vous par là?

— Rien, sinon que vous me dégoûtez!

Sans ajouter un mot, Ruth ôta sa robe de chambre, se glissa dans ses draps, éteignit la lumière et, avant de ramener les couvertures sur ses épaules, annonça :

— Que cela vous plaise ou non, après l'enterrement d'Annabel Wooler, j'irai voir Jim Ferns et lui exposerai ce que je pense de lui!

— Méfiez-vous, chère! Cela peut être dangereux...

— Et alors? En quoi cela vous regarde-t-il? D'ailleurs, Terry Lowdham sera là...

Au Zentralfriedhof, ils n'étaient que quelques-uns à l'inhumation provisoire d'Annabel Wooler : Jim Ferns, Terry Lowdham, lady Ruth Lauder, sir Archibald, une douzaine de membres de la colonie britannique de Vienne et des policiers parmi lesquels le commissaire Hagenbrecht. Pendant la courte cérémonie, Ruth ne peut détacher son regard du visage de Jim Ferns. Comment était-il possible qu'un chef ait pu, sciemment, envoyer à la mort des hommes ayant mis leur confiance en lui.

A la sortie, Ferns s'approcha d'Hagenbrecht.

— Monsieur le commissaire, quoi qu'il ait pu faire, la mort efface les crimes et les erreurs de Malcolm Ryhope. Nous, Anglais, ne pouvons oublier qu'il est des nôtres. Quand pourrons-nous reprendre sa dépouille à la morgue afin de lui donner une sépulture décente? L'honneur de la Grande-Bretagne l'exige.

— Envoyez-le chercher cet après-midi.

Le commissaire et le baronet finirent naturellement par se rencontrer. Sir Archibald salua fort courtoisement son ennemi qui, surpris par cette initiative inattendue, lui rendit sa politesse. L'Anglais, qui semblait prendre un plaisir évident à la confusion rageuse du policier, sauta sur l'occasion offerte :

— Monsieur le commissaire, voulez-vous me permettre de vous présenter lady Ruth Lauder... Très chère, voici le commissaire Hagenbrecht de la Police Criminelle autrichienne.

Ruth sourit.

— Je suis très heureuse de vous connaître, monsieur. J'ignorais que mon mari et vous, étiez des amis?

— Des amis!

L'Autrichien faillit s'étrangler d'indignation puis, se reprenant, sous le regard surpris de cette très jolie femme :

— Je veux dire, madame, que je ne me permettrais pas de mettre au compte de l'amitié les rapports... officiels que sir Archibald Lauder et moi-même avons eus. Je souhaite, madame, que dans l'intimité de votre existence conjugale, sir Archibald fasse preuve de... de moins de fantaisie que dans ses interprétations de la loi... Mes respects, madame.

Hagenbrecht s'éloigna d'un pas rageur alors que Ruth se tournait vers son époux.

— Il n'a pas l'air de tellement priser votre compagnie?

— Il a tort, très chère, il a tort...

Au moment de la dislocation générale, Ruth annonça à Jim Ferns.

— J'ai besoin de vous parler immédiatement, Mr. Ferns.

Il en parut marquer de l'étonnement.

— Pas dans ce cimetière tout de même?

— Voulez-vous à onze heures dans votre bureau?

— C'est... important?

— Très important!

— Bon... eh bien! dans ces conditions... à onze heures. Je vous emmène, Lowdham?

L'interpellé répondit sèchement :

— Merci, j'ai ma voiture. Si vous me le permettez, j'accompagnerai lady Lauder dans votre bureau. Ce qu'elle a à vous confier m'intéresse.

Ferns s'inclina :

— Si lady Lauder n'y voit pas d'inconvénient?

— Au contraire, Mr. Ferns, la présence de Terry, me sera très utile.

— Ah?... Et vous, sir Archibald, viendrez-vous?

— Si vous acceptez de me recevoir?

— Mais comment donc!

Les Lauder et Lowdham s'arrêtèrent, au retour, sur la Schwarzenbergplatz. Ils s'installèrent dans un café et tout de suite Terry mit sir Archibald au courant.

— Lorsque lady Lauder m'a rapporté ce que vous lui aviez confié, j'ai refusé de la croire... Vous n'appartenez pas à notre milieu, sir Archibald, sinon vous sauriez que chez nous, l'amitié est le sentiment le plus fort. Nous ne pouvons rien apprendre de pire que la trahison d'un ami. Pour nous battre, selon nos méthodes et les risques qu'elles comportent, il nous faut être sûrs de nos arrières, nous persuader que nos amis sont vraiment nos amis, qu'ils nous protègeront quoi qu'il arrive... Imaginez un peu ce qu'a pu penser un Lucan lorsqu'il a compris... et tous les autres... Malcolm se serait méfié de tout le monde, sauf de lui. Quant à Annabel, lorsqu'elle avait parlé de Jim Ferns, elle avait tout dit. C'est ignoble...

Mal à l'aise, le baronet donnait l'impression du monsieur qu'un inconnu met au courant de ses malheurs conjugaux.

— Mr. Lowdham, vous l'avez souligné vous-même, je n'appartiens pas à... à votre équipe. Lady Lauder sait que je n'approuve pas votre activité clandestine et si je l'accompagne, c'est tout simplement que je juge ma place désignée auprès d'elle, mais ne comptez pas sur moi pour manifester des indignations que je ne ressens pas ou émettre des reproches qui, dans ma bouche, seraient déplacés. Lady Lauder n'ignore pas que je déteste me mêler des histoires d'autrui.

Humiliée, Ruth s'écria :

— Je vous en prie, Archibald! De pareils propos de votre part sont tout simplement scandaleux! Vous oubliez que les batailles menées par Terry et ses camarades, ces batailles où il leur arrive de mourir, sont aussi destinées à préserver vos privilèges! Alors, manifestez au moins de la reconnaissance!

— J'aimerais, ma chère, qu'en présence d'un tiers, vous me parliez sur un autre ton!

— Alors, conduisez-vous d'une autre façon! Ce n'est pas moi — quoi qu'il en paraisse — mais, vous, qui manquez de tenue, Archibald!

Lowdham intervint pour ramener le calme.

— Je vous adresse mes excuses à tous deux... Je ne me doutais pas que mes réflexions déclencheraient une querelle. Le baronet a sa philosophie, lady Lauder, je crois qu'il nous faut l'admettre et le comprendre. Les plus proches ne sont pas toujours ceux qui nous sont le moins étrangers... Il va être onze heures, allons-nous rejoindre Ferns?

Ruth proposa à son mari de retourner au *Kaiserin Elisabeth* et de l'y attendre, mais, vexé, il refusa et déclara qu'ayant annoncé sa visite à Ferns il ne voyait vraiment pas pourquoi il lui manquerait de parole.

Ils avaient pris place dans le bureau de Ferns. Terry et Ruth, près l'un de l'autre, en face du siège qui aurait dû être occupé par le consul. Sir Archibald se tenait très nettement en retrait. A onze heures et demie, Ferns n'était pas arrivé. La première, lady Lauder s'inquiéta :

— Aurait-il deviné?

Lowdham protesta :

— Ce n'est pas possible, voyons! Si vous ne m'aviez pas averti, je continuerais à croire au suicide de Malcolm.

— Alors, pourquoi n'est-il pas là?

— Je l'ignore.

A midi moins le quart, sir Archibald s'enquit auprès de ses compagnons s'ils pensaient utile de demeurer plus longtemps dans ce bureau où il s'ennuyait ferme.

Terry jeta un coup d'œil incertain à la jeune femme.

— Je commence à désespérer...

— Ce retard est inexplicable!

— Dites plutôt que vous redoutez de fournir la seule explication qui s'impose!

— C'est vrai...

Lorsque la pendule ancienne ornant la cheminée égrena les douze coups de midi, Terry se leva.

— Cette fois, je crois que ce n'est plus la peine de nous entêter. Je reviendrai à trois heures et, s'il n'a pas donné signe de vie d'ici là, j'appellerai Londres... Sir Archibald, et vous, lady Lauder, accepteriez-vous de me faire l'honneur de prendre un verre chez moi — c'est tout près — ensuite, si vous le voulez bien, nous irons déjeuner?

Ruth affirma qu'elle en serait charmée et le baronet ne souleva pas d'objection. Toutefois, avant de quitter les lieux, il déclara :

— Il faudrait que ce petit Mr. Ferns comprenne qu'on ne se conduit pas de cette façon à l'égard de sir Archibald Lauder!

Il sortit une carte de visite de son porte-cartes, y griffonna avec rage quelques mots, chercha et trouva une enveloppe où il glissa son bristol avant de la clore. Sur cette enveloppe, il inscrivit simplement : FERNS, et ricana :

— Je ne suis pas mécontent de cette insolence!

Lowdham et sa bien-aimée échangèrent un regard éloquent. Pauvre Archibald qui paraissait toujours se croire dans la nursery, sous la protection maternelle de lady Elizabeth...

Terry Lowdham habitait un très joli appartement dans une vieille maison jadis fréquentée par Schubert. Le baronet le complimenta sur son goût et Ruth, furtivement, lui serra la main. On but à la vieille Angleterre, à la Reine et à la supériorité définitive des Anglais sur toutes les autres races de la planète. Sur un signe impératif de la femme de sir Lauder, Lowdham, après s'être raclé la gorge, commença :

— Ne pourrions-nous profiter de cette réunion imprévue pour avoir la conversation que nous devions avoir cet après-midi, au *Kaiserin Elisabeth...* Ruth... — vous permettez que je l'appelle ainsi — sir Archibald?

Très sec, le baronet répliqua :

— Je préfèrerais que vous continuiez à la nommer lady Lauder.

La réponse jeta un froid. Ruth se porta au secours de Terry.

— Allons, Archibald, ne jouez pas la comédie! Vous étiez d'accord hier?

— J'étais d'accord pour recevoir Mr. Lowdham, non pas sur ce qu'il désirait me proposer.

— A quoi rime cette hypocrisie?

— Cette hypocrisie, comme vous dites, ma chère, dans mon milieu, on la nomme correction.

Terry flottait ne sachant plus très bien de quelle façon s'y prendre pour entamer le débat.

— Vous me gênez beaucoup, sir Archibald...

— Vraiment? Je ne pensais pourtant pas vous avoir beaucoup gêné tandis que vous faisiez votre cour à une femme portant mon nom, ma femme.

— Dans ces conditions, je ne vois pas de quelle façon il me serait possible de vous expliquer...

— M'expliquer, quoi?

— Les sentiments qui m'unissent à Ruth... Enfin, à lady Lauder.

Le baronet ajusta son monocle pour regarder son adversaire.

— Si vous me permettez cette réflexion triviale, vous ne manquez pas d'un certain culot! Vous osez, Mr. Lowdham, me parler des sentiments qui vous unissent à ma femme? Avouez que c'est là un langage pour le moins surprenant et susceptible d'en choquer plus d'un... Ruth, ma chère, je vois d'ici la tête de maman si elle assistait à notre conversation!

Lowdham écarta les bras dans un geste d'impuissance.

— Je n'y comprends plus rien du tout!

Ce fut au tour de Ruth d'entrer dans le combat.

— J'ignore le jeu que vous jouez, Archibald, mais puisque vous refusez de laisser Terry s'expliquer, moi je vais vous mettre les points sur les i! Je ne vous aime pas et vous ne m'aimez pas. Notre mariage a été une erreur. Dans les épreuves que vous venons de traverser, j'ai eu l'occasion de vous juger. Vous n'êtes pas un homme au sens où je l'entends, un homme de chair et de muscles, prêt à se battre pour défendre ce à quoi il croit! Vous, avant d'agir, il faut que vous preniez l'avis de votre maman! Dans ces conditions, je vous prie de me rendre immédiatement ma liberté et de prendre l'engagement, ici même, de divorcer dès notre retour à Londres afin que je puisse épouser Terry Lowdham et aller vivre avec lui dans le Dorset.

Après la véhémence dont Ruth avait témoigné, le silence qui suivit parut plus épais. Le baronet répondit calmement :

— D'abord, ma chère, permettez-moi de rectifier à nouveau une erreur qui vous est familière. Sans doute ne m'aimez-vous pas mais, moi, je vous aime. Quant à ce qui touche un éventuel divorce, je dis : non.

La jeune femme, hors d'elle, hurla :

— Vous n'avez pas le droit d'agir ainsi! Pourquoi le faites-vous?

— Parce que je ne pense pas que Mr. Lowdham soit digne de vous.

Terry s'avança :

— Prenez garde à ce que vous dites, sir Archibald!

— J'y prends soigneusement garde, soyez-en persuadé. Pour quelles raisons avez-vous inventé cet oncle qui vous aurait laissé sa ferme des « Trois Bouleaux », alors que vous avez acheté ce domaine au début de la présente année par l'intermédiaire de Edward Graham, notaire à Dorchester?

— Vous avez fourré votre nez dans mes affaires, hein?

— Je tenais à mieux connaître le futur mari de ma femme. N'est-ce pas naturel?

Ruth protesta :

— Que Terry ait acheté ou hérité cette ferme, quelle importance?

— J'aime à savoir pourquoi les gens mentent quand, apparemment, ils n'y sont pas obligés.

Ce fut à ce moment-là seulement que lady Lauder prit conscience qu'au fur et à mesure des répliques, le ton de son époux changeait, que son attitude même se modifiait. Elle était troublée, inquiète, ayant l'obscure impression d'assister à quelque chose qu'elle ne comprenait pas encore, mais quelque chose qu'elle sentait devoir être grave. Le baronet retira son monocle, l'essuya délicatement avec sa pochette avant de le remettre en place tandis que les deux autres, comme hypnotisés, le regardaient.

— J'en suis arrivé à cette conclusion, ma chère, c'est que si votre don Juan des Services Secrets avait cru bon d'inventer cette fable, ce n'était pas pour rien, mais bien dans l'intention de cacher quelque chose. Alors, je me suis permis de téléphoner à Londres : à des amis bien placés qui, pour ne point appartenir au MI. 5, ont aussi leurs sources de renseignements. Vous m'excuserez, Ruth, si je vous ai abusée en vous annonçant que j'avais téléphoné à ma mère.

Une telle ruse, une pareille duplicité de la part du naïf, du geignard baronet, déconcertaient la jeune femme au point qu'elle n'avait plus envie de dire quoi que ce soit.

— Vous possédez un très joli compte en banque à Exeter, Mr. Lowdham, à la Market Durham Bank, un compte qui n'existait pratiquement pas il y a un an, puisqu'il ne comptait alors à son crédit que deux cent cinquante-sept livres au lieu de vingt mille qui y sont inscrites aujourd'hui.

— Salaud!

L'injure avait fusé des lèvres de Terry dont la sueur mouillait le front. Sir Archibald se contenta de souligner :

— Ma chère, votre amoureux devra veiller à son langage. Je disais donc, Mr. Lowdham, que votre compte a commencé à grossir au moment même où tombaient les premiers agents de votre réseau hongrois.

— Canaille! Vous allez vous taire, oui?

Tout tournait dans la tête de Ruth. D'une voix brisée, elle chuchota :

— Cela signifie quoi toutes ces histoires de banque, Archibald?

— Que vous avez devant vous, ma chère, le meurtrier d'Annabel Wooler, de Malcolm Ryhope, de votre ami Lucan et, par personne interposée, du cordonnier Krukel, en bref, de tous vos hommes qui ont disparu depuis un an.

Du plus profond d'elle-même, elle hurla :

— Ce n'est pas vrai! Mais, voyons, Terry, criez-lui que ce n'est pas vrai?

— Naturellement que ce n'est pas vrai!

En dépit de son désarroi, elle ne put s'empêcher de noter que la voix de Lowdham manquait de conviction et un grand froid l'envahit. Imperturbable, sir Archibald poursuivait :

— Vous avez eu tort de partager le point de vue de lady Lauder quant à mon intellect. J'ai commencé à avoir la puce à l'oreille lorsqu'à Graz vous vous êtes arrangé pour que je vous reconnaisse sous votre déguisement. Votre mimique ne pouvait manquer d'attirer mon attention.

Terry Lowdham recouvrait peu à peu son sang-froid.

— Vous êtes complètement fou! Pour quelles raisons me serais-je livré à cette pitrerie?

— Parce que vous teniez à nous apprendre qu'il vous fallait retourner chez votre correspondant pour vous changer et donc que vous ne pouviez tremper dans le meurtre de Krukel et dans celui de ma femme. Au surplus, j'imagine qu'un agent du MI. 5, sérieux, ne se déguise pas ainsi que vous le fîtes. Vous nous avez vraiment pris pour deux imbéciles, lady Ruth et moi.

— Maintenant, vous prétendez me donner des leçons après vos accusations ridicules?

Eperdue, Ruth balbutia :

— Il voulait me tuer...

— Eh oui! Ma chère... Ce n'est qu'après que le grand amour est né.

Lowdham gronda :

— Et si je vous cassais la gueule?

— Je ne vous le conseille pas. Ce serait très imprudent de votre part. Vous avez tenté de porter les soupçons sur Ryhope par l'intermédiaire de cette pauvre sotte d'Annabel. Vous ne vous doutiez pas que votre inquiétude au sujet de ma femme chargée de mission à Graz a étonné Ryhope qui décida de se rendre sur place pour voir ce qu'il se mijotait. Il vous a suivi, ne se doutant pas que vous aviez prévenu vos amis afin qu'ils fassent le sale travail. Et Ferns, influencé par Annabel, avait mis Malcolm sous surveillance. C'est la raison pour laquelle, lui aussi, se trouvait à Graz. En résumé, vous nous suiviez, Malcolm vous suivait et Ferns suivait Ryhope. Une véritable farandole! La farandole de Graz!

Terry ricana :

— Quelle imagination!

Imperturbable, le baronet continuait :

— Quand vous avez compris que les choses ne pourraient continuer indéfiniment, que Londres s'inquiétait de ce qu'il se passait à Vienne, vous avez décidé de vous arrêter. Mais il vous fallait un prétexte plausible pour rentrer en Angleterre sans éveiller les soupçons et ce fut votre magnifique idée de séduire une femme que son pitoyable époux décevait. L'amour incline à tout pardonner, surtout à Vienne. Bien joué et, si je ne m'étais trouvé là, vous seriez allé vieillir paisiblement dans votre ferme du Dorset. Je ne pense pas que vous vous seriez encombré d'une femme désargentée.

Sans bruit, Ruth pleurait. Quelle honte... Ainsi qu'une simple petite demoiselle de magasin, elle s'était laissée convaincre par un beau garçon.

— Votre femme et moi nous nous aimons et toutes les ignominies que vous inventez pour la dégoûter de moi me l'attacheront plus encore!

— Comme Annabel, sans doute?

— Celle-là, je serais bien curieux de savoir pourquoi je l'aurais tuée?

— Pour deux raisons : d'abord, vous débarrasser de celle gênant vos pseudo-amours avec lady Lauder, ensuite affoler Ryhope au point de la contraindre à la fuite. En me quittant au *Casanova,* Annabel vous a rejoint et c'est vous vraisemblablement qui l'avez envoyée chez Malcolm en la suivant. Un coup de téléphone que vous avez donné maladroitement — car il fut noté — de votre bureau chez Ryhope vous a assuré de son absence. Ayant tué Miss Wooler, vous êtes reparti tranquillement.

— Vous délirez!

— Vous portez des égratignures sur le dos des mains, là où votre victime, en essayant de dénouer l'étreinte qui la tuait, vous a griffé. Sur le rapport d'autopsie remis à Ferns il est dit qu'on a retrouvé, sous ses ongles, des fragments de peau et de sang. Je serais étonné qu'ils ne correspondent pas à votre peau et à votre sang.

— Ruth, je vous en supplie, ne l'écoutez pas! Il ne sait plus quoi inventer!

La jeune femme, murée dans son chagrin, regardait ce qu'elle tenait pour un cauchemar. Elle ne comprenait plus. Terry qui, peu à peu, lui apparaissait dans sa terrible, dans son atroce vérité, celle que le baronet s'appliquait à établir, et Archibald qui semblait complètement transformé, parlant avec autorité, une lucidité qu'elle était à mille lieues de soupçonner.

Donnant l'impression d'être imperméable à l'émotion que sa démonstration soulevait, sir Archibald poursuivait :

— Ruth... Quand je vous l'ai demandé, vous m'avez répondu avoir communiqué à Ferns mon rendez-vous avec Malcolm. J'imagine que, sur le moment, vous n'avez pas osé me révéler le coup de téléphone de Lowdham, après mon départ pour le Prater et que j'ai appris par le bureau de l'hôtel. Pourquoi me suis-je renseigné? Parce que Ferns ne pouvait être le meurtrier et pourtant il fallait que l'assassin ait été mis au courant par ma femme, or, Lowdham, vous étiez la seule relation de lady Lauder. Je pense aussi que pas une seconde, Ruth, la pensée ne vous a effleurée que votre don Juan pût être le criminel.

Accablée, Ruth baissait la tête. Son aveuglement passé la terrifiait et l'emplissait d'une honte dont elle croyait ne pouvoir se débarrasser jamais. Elle chuchota :

— Après la mort de Malcolm Ryhope... Je n'ai pas osé vous parler du coup de téléphone de Lowdham... cela me semblait... indécent. Je n'ai établi aucun rapport entre mes confidences à Lowdham et... et... Oh! Archibald, j'ai tué Malcolm...

Elle pleurait en silence tandis que son mari se retournait vers Terry.

— Vous avez eu peur de ce que Ryhope pouvait me confier et vous l'avez tué comme vous avez essayé de m'éliminer m'écrasant avec votre voiture...

Brusquement, la scène perdit son atmosphère un peu irréelle, lorsque Terry, sortant son revolver, annonça :

— D'accord, Lauder, vous avez gagné. C'est moi, en effet, qui ai démoli le réseau hongrois car il y a longtemps que j'appartiens à un service secret qui n'est pas le vôtre. Je vous ai roulé tous, pendant des années. J'ai fait exécuter Krukel car il me soupçonnait. J'ai tué Annabel parce qu'elle me gênait. J'ai tué Malcolm parce qu'il avait deviné sans avoir de preuve.

Sir Archibald dit doucement :

— Merci de vos aveux, Lowdham, car figurez-vous que moi non plus, je ne possédais pas de preuve.

— Mes aveux ne vous serviront à rien. La frontière hongroise n'est pas loin. J'emmène votre femme, cette bécasse à la sentimentalité « petit-bourgeois ». Si vous tentez quoi que ce soit contre moi, je l'abats. Lorsque j'aurai passé la frontière, je vous la réexpédierai.

Il attrapa Ruth par le poignet et l'attira à lui.

— D'accord, Lauder?

— Non.

Le baronet ôta son monocle, l'essuya et se leva.

— Lowdham, vous travaillez pour des gens que je hais, représentant d'une civilisation qui n'est pas la mienne. Sans doute, ne comprendrez-vous pas, mais dans le monde où je suis né, on n'abandonne pas une femme en danger. Si donc vous tenez à emmener lady Lauder, il vous faudra me tuer avant.

— Qu'à cela ne tienne!

Déjà le doigt de Terry se crispait sur la détente de son arme, lorsque Ruth poussa un cri perçant qui fit sursauter les deux hommes.

— Il m'a traitée de bécasse!

Incontinent, sans se soucier du pistolet, elle administra une superbe paire de gifles à son ex-amoureux qui, déséquilibré, faillit choir. Sir Archibald se jeta en avant, mais Lowdham n'avait pas lâché son arme et l'Anglais dut reculer devant le canon du pistolet. Terry ordonna à Ruth d'aller rejoindre son époux.

— Vous m'avez frappé, petite garce! Vous mourrez donc avec votre mari. Il n'y a aucune raison pour qu'on vienne vous chercher ici. Quand on vous découvrira, je serai en Hongrie.

Et, plongeant la main dans sa poche, il en ressortit un silencieux qu'il entreprit de fixer au canon de l'arme sans quitter du regard ses futures victimes.

— Vous n'atteindrez jamais la Hongrie, Lowdham!

Terry se retourna pour voir Ferns qui, du seuil, le menaçait de son revolver. Il tira, mais n'ayant pas fini de fixer son silencieux, la balle alla se perdre dans le plafond, tandis que celle du consul l'atteignait en pleine figure, le tuant net.

Ferns soupira :

— Excusez mon retard, mais j'ai été appelé d'urgence à la Kriminalpolizeï. Le médecin légiste s'est rendu compte que ce vieux Malcolm ne s'était pas suicidé. Ils voulaient vous arrêter immédiatement, Archibald, mais j'ai arrangé les choses en leur racontant ce que j'ai été obligé de leur dire pour vous éviter des ennuis inutiles et en leur promettant de leur livrer le meurtrier. Je vais parler de cela avec mon collègue viennois... Je ne me pardonnerai jamais d'avoir eu tellement confiance en Terry...

Le baronet tapota amicalement l'épaule du consul.

— Ne vous tracassez pas, Jim, tous, nous nous trompons un jour ou l'autre. A Londres, on savait que le traître se trouvait au consulat de Vienne. Par principe, on vous écartait, Ferns, on était tenté d'écarter également Ryhope et, pour tout dire, on pensait plutôt à Lowdham dont l'existence d'aventurier ne plaidait pas en sa faveur. Difficile de penser qu'en entrant au MI. 5, ce type ait complètement changé de peau. Toutefois, pendant des années il ne donna prise à aucun soupçon. C'est pourquoi on a songé — connaissant le coté don Juan de Lowdham — à envoyer Ruth Truksmore enquêter sur place. Mais elle manquait d'expérience et on s'est interrogé en haut lieu sur la personne qui pouvait l'accompagner. Or, j'aimais Ruth depuis longtemps et quand elle a accepté de devenir ma femme, le problème fut résolu. Impossible de trouver une meilleure explication de ma présence à ses côtés que mon état de mari. Malheureusement, pour ne point donner l'éveil, il m'a fallu jouer le rôle d'un snob idiot et buté.

— Archibald... Me pardonnerez-vous?

Ruth s'approcha de son mari.

— Vous ne voulez plus divorcer?

— Je n'en ai plus envie...

Et elle se blottit dans ses bras.

Ils bouclaient leurs valises quand Ruth, heureuse d'avoir trouvé le mari dont elle rêvait, déclara :

— Archibald, je me demande comment j'ai été

assez sotte pour me laisser abuser à ce point par le personnage de clown que vous jouiez?

— Les autres s'y sont laissé prendre aussi.

— Vous avez dû me juger sévèrement...

— Non, mais j'ai été malheureux... Très malheureux et il m'a fallu beaucoup de courage pour ne point vous avouer la vérité, surtout lorsque...

— Lorsque?

— ... Lorsque vous m'avez annoncé que vous désiriez partir avec Lowdham.

— Parce que... Vous m'aimez vraiment, Archie?

— Vraiment, Ruth.

Ils s'étreignirent mais, se dégageant, la jeune femme réclama des précisions :

— Lady Elizabeth était votre complice?

— Ma mère ne me refuse rien.

— Naturellement, vous appartenez au MI. 5?

— Naturellement.

— Et Terence Woolwerton le savait?

— Terence Woolwerton me fournit une couverture à Londres comme il vous en fournit une.

— Je comprends maintenant pourquoi il souriait en m'affirmant que mon appartenance au MI. 5 révélée, ne vous choquerait pas. Il devait bien s'amuser en m'écoutant... Mais, Archie, je n'ai jamais entendu parler de vous au MI. 5?

— Oh! si! Ruth, vous avez souvent entendu parler de moi, et je dirai même que vous m'obéissiez mieux en tant qu'agent que comme épouse!

— Quoi?

— Car je suis le colonel Stockdale, darling.

IMPRIMÉ EN FRANCE PAR BRODARD ET TAUPIN
Usine de La Flèche (Sarthe).
ISBN : 2 - 7024 - 1997 - 6
ISSN : 0768 - 1070